フィクションの表土をさらって

玉城入野

フィクションの表土をさらって／目次

I

フィクションの表土をさらって

玉城入野

物事を覆い隠す美しさに目を向けるのをやめたときに現れるのは、その背後にある骸骨のような現実だった。

ヴァージニア・ウルフ『船出』（川西進訳）

I

平面と垂直

――北野武映画試論

現時点（二〇一〇年）での北野武の最新作『アウトレイジ』を見て、あれ、と思った。妙に分かりやすいのである。深作欣二の『仁義なき戦い』を踏襲したような物語展開のことを言っているのではない。空間が分かりやす過ぎるのだ。

最高権力者＝親分の屋敷が海に面した崖の上にある。その親分の気まぐれに翻弄されて、組員同士が内部抗争を繰り広げる。その中にビートたけし演じる組長がいるのだが、組員の加瀬亮が抗争から逃げるふりをして、親分の屋敷がある崖の下に車を止め、同乗していた仲間を殺す。このシーンで、彼がたけし率いる組を裏切る権力志向の強い人間であることが分かる。最終的には、ナンバー2の三浦友和が親分を殺して頂上に昇りつめ、加瀬亮がナンバー2の地位を得る。

ヤクザの上下関係をそのまま図式化したような、この空間の設定は、あまりにも安直ではないのか。まさか黒澤明の『天国と地獄』における、ヒエラルキーの象徴としての空間を引用したわけではないだろうが、平地での抗争をくぐり抜けて、頂点をめざして這い上がってくるというのは、いかにも単純に過ぎる。

そんなことを思ってしまうのは、これまでの北野武の映画は、上―下という垂直性を、空間の中に持ち込んでいない、という印象があったせいかもしれない。逆に、彼は、徹底的に平面性を追求してきた映画作家だと言える。だから、本当は、『アウトレイジ』の垂直性は、彼の映画を見慣れた者にとっては、決して分かりやすくないのである。『アウトレイジ』を見終わった後に残る戸惑いと違和感は、この空間の「分かりやすさ」という「分かりにくさ」にあるのかもしれない。

平面性というのは、映画の本質である。映画は、フィルムという平面に光と影を刻み、スクリーンという平面に映すことによって、初めて人の目前に現われる。しかし、ここが映画のパラドクスなのだが、映画は決して平面的ではない。映画は空間を映し出す。そこには、高低があり、奥行きがあり、立体的なのである。最近、ハリウッドでやたらに作られている３Ｄ映画は、根本的な過ちを犯している。３Ｄによって、初めて映画に奥行きと立体性が生まれたと思っているとしたら、それは大きな間違いだ。映画というのは、そもそも立体的で奥行きがあるものなのだから。ヘンな眼鏡を通してしか、そのことに気がつかないようなら、映画など見ない方がいい。

さて、北野武における平面性とは、どういうものか。まず彼がこだわるのは、平地という空間である。様々なものを平地に置いてみせることによって、平面性を追求していく。むろん、これは映画の立体性と矛盾しない。

『その男、凶暴につき』（一九八九年）では、刑事と犯罪者、正常と狂気、さらには生と死を平地に置いてみせた。『3－4×10月』（一九九〇年）は設定からして明瞭である。野球という、平地でしか行われ得ない運動をまず映し出す。そして、草野球チームの冴えないメンバーの一人がヤクザに因縁をつけられることによって、脅し─脅されるという立場を並置する。そこで、脅される方の男が復讐を果たすべく沖縄に拳銃を買いに行き、ひょんなことから沖縄のヤクザと行動をともにする。沖縄ヤクザと冴えない男は、あっさりと同じ平地に立ち、そして、親和性が生まれる。

三作目の『あの夏、いちばん静かな海。』（一九九一年）になると、前二作のようなあからさまな対置は消え、海面という一種の平地をすべるサーフィンと、耳の聞こえない男女が平地を移動する運動ばかりを映すことになる。ラストには、二人の写真を貼ったサーフボードを海面に浮かせて、これでもかというくらい平面性を強調してみせる。

この平面性への志向は、北野映画の中でも傑作として名高い四作目の『ソナチネ』（一九九三年）で究極に達する。東京から沖縄に派遣されることになったヤクザが、現地に行ってみると、やることがなく、真空状態に陥る。そこで、彼らは、砂浜という平地で子供じみた遊びに興じる。二人の子分を紙相撲に見立てて、砂浜を皆で叩くのである。カメラは、この光景を斜め上から後方に退いていくように仰角でとらえる。この角度によって、平面性がより強調されることになる。それから、夜には、二手に分かれ、花火を使って銃撃戦の真似事をして遊ぶ。本来、下から上に垂直に上がっていく花火を水平に移動させ、平面性の追求をさらに徹底させる。

しかし、『ソナチネ』の平面性は、こうした表面的な運動に終わらない。後半になると、ビートたけし扮する主人公は、死に向かっていく。これは、生の先にある死や、死を前提としての生、といった月並な観念によるものではない。生と死が、いつも平地にあること、それが一人一人の人間にあり、しかもその両者が、決して同質化することなく、異質なものとしてあり、さらに、この映画の最初から、自分が死の側にいる者としてあったということに、気がついてしまったからなのである。ラスト、裏切り者を皆殺しにした後、たけしは愛する女のもとには帰らずに、一人車の中で自殺する。そこは平地ではなく、上りと下りが連続する坂道の途中であった。その坂道を幾つか越えたところで、女は彼を待ち続ける。まるで、生と死は、もはや平地にはなく、乗り越え難いところに離れてしまったかのようである。平面性を突き詰めた結果として、その困難さを現前させてしまったという意味で、北野映画はここで一つの終局を迎える。

その後、北野武は、『みんな〜やってるか！』（一九九五年）を撮った後、現実世界において、バイク事故でグロテスクなほど顔面が変形する大怪我を負う。そして、奇跡的に復活して『キッズ・リターン』（一九九六年）を完成させる。この作品に死の影はない。その代わり、人生における勝ちと負けが平面に置かれることになる。ここでは、校庭、ボクシングのリング、漫才の舞台が、平地の象徴として設定されている。北野武がこれほどまで平地にこだわるのは、舞台という平地に立つことを本性とする漫才師だからかもしれない。この作品を見ると、そんなことをつい考えてしまったりするのだが、どうだろうか。

次の『HANA-BI』（一九九八年）において、北野映画の平面性は、ある問題に直面する。この作品で顕著なのは、彼自身による絵画が多く映し出されることである。その一方で、いままで強調されてきた平地での運動は消え、映画全体がスタティック（静的）なものになる。つまり、あらゆるものが絵画と化し、キャンバスに定着されてしまうのである。たけしと岸本加世子の夫婦が打ち上げる花火ですら、一枚の絵となり、動きを止める。平地の上にあった立体と運動は消え、ただの平面しかなくなってしまった。場面の連続（モンタージュ）に絵画を代置してしまったら、これはもはや映画ではないのではないか。

では、『菊次郎の夏』（一九九九年）はどうか。ここでも、物語に沿って絵画が登場する。しかし、前作ほど露わではない。注意しておきたいのは、男の子の母親が、後半にいたるまで写真でしか示されない、ということだ。写真という平面に焼きつけられた母親は、いかにも実体が薄い。その写真という平面を超えて、実在の母親に会いに行くというモチーフは、すべてを絵画に固着させた前作からの脱出をはかっているかのようだ。

注目すべき点は他にもある。北野武は、ここで、空間に垂直の運動を導入しているのである。さきに、彼の映画は、垂直性を空間の中に持ち込んでいない、と書いたが、実は、この作品において、わずかながら垂直性が顔を覗かせていたのだ。菊次郎が放り投げる木の枝と、女がお手玉をするオレンジとがオーバーラップするシーンだ。また、菊次郎が男の子に上げる「天使の鈴」。天使は、人間が地上から仰ぎ見る存在という意味では、やはり垂直性に関係する。実際、親に捨てられた男の子を、天使が天上から見守っているシーンが登場する。物語の甘さや優しさだけに気を取られていると、こういった点を見落とすことになってしまうだろう。

アメリカで制作された『BROTHER』(二〇〇一年)の次に撮られた『Dolls』(二〇〇二年)。これは映像の美しさ、純粋なラブ・ストーリーという要素から、北野映画の新境地のように思われるかもしれない。だが、一方では、二人の男女がひたすら平地を移動し続けるという点では、原点回帰した作品とも言える。それゆえ、前々作で垣間見えた垂直性は姿を消してしまったかに見える。ところが、そうではない。道行きの途中、狂った女が「ふきあげパイプ」というおもちゃ遊びに夢中になる。息を吹くと玉が宙に浮き、吹くのを止めると玉が籠に落ちる、という他愛のない玩具だが、これは垂直の運動そのものを示す、欠かせない小道具なのだ。女がこの玩具にとり憑かれるのは、男との関係が、対等や同列ではなく、垂直なものだということを知っているからだ。それは、どちらが上位か下位かということではない。関係の垂直性とは、二人の中に同じ時間と記憶が堆積しているということである。最後に、崖の斜面に突き出た木にぶら下がって二人が死ぬのも、時間と記憶という垂直の中で永遠に愛し合うためなのだ。この作品で、垂直性は、説話論的な機能を獲得する。

『座頭市』(二〇〇三年)は、時代劇でもあるし、既存のキャラクターでもあるから、これまでのような空間に対するこだわりは、あまり表面化していないように見える。それでも、時代劇の必須アイテムとも言える刀が、重要な役割を果たす。ご存じの通り、刀というのは、上から下、下から上、あるいは横へ、前へ、というように垂直にも水平にも動かされる。その運動が人を斬り、殺す。あらゆる方向性を包括した刀が、人間の生死を決めるのである。これまで殺生の道具は拳銃だったが、この作品では、一場面にしか出てこない。しかも、拳銃より刀の方が圧倒的に強いのである。拳銃は、基本的には水平に銃弾を飛ばすことしかできない。刀は、すべての方向性を持っている。それゆえ、刀が描く軌跡は透明で美しい。

『TAKESHIS'』（二〇〇五年）という作品は、夢と妄想が時間と空間を超越して描かれている。その妄想の中で、主人公の男と女が、ヤクザを相手に意味のない撃ち合いをするシーンがある。妄想の中だから、いくら撃っても、誰も死ぬことなく、果てしない銃撃戦が続く。驚くべきなのは、この後である。銃口から出る無数の火花だけが暗闇の中で閃光を放ち、その火花が光の点になって、宙にふわっと浮き上がり、空にのぼって星になってしまうのだ。そして、この現象が三回連続して起こる。これはCG撮影によるものだが、発砲という平地での水平の運動と、火花が星になるという下から上への垂直の運動が、この場面では軽々と同時に映像化されているのである。

『監督・ばんざい！』（二〇〇七年）の後の『アキレスと亀』（二〇〇八年）は、見る前から不安材料があった。また絵か、と思ってしまったのである。実際、画家志望の男が主人公だから、テーマもモチーフも絵画という平面ばかりで、『菊次郎の夏』から『TAKESHIS'』に至る垂直性の追求を、『HANA-BI』の平べったさに逆戻りさせてしまったかに見える。それでも、この作品には、興味深いところがある。主人公の両親は、彼が幼いときに、別々に自殺してしまう。父親は首を吊り、母親は崖から飛び下りる。ここで、首吊りと飛び下りという運動の垂直性がしっかりと描かれているのである。しかも、その運動はともに死を意味する。主人公が、画家になるという夢を、最後までかなえることができないのは、彼の心に、死という垂直性が突き刺さっていたからではないだろうか。

こうして、北野武のフィルモグラフィーを辿ると、『アウトレイジ』の垂直性は、単なる物語の図式化ではないのかもしれない。では、それは何を意味するのか、すでに制作が決まっているという続編を待ちたいと思う。

それにしてもしかし、私が思うのは、デビュー作『その男、凶暴につき』の、刑事が麻薬の売人を執拗に追跡するシークエンスである。エリック・サティのゆったりとした音楽が流れる中、スローモーションによる格闘の場面からはじまり、刑事と売人がひたすら走り続ける場面へといたる、あの比類のない美しさ、平地と肉体の運動が幸福な出会いを果たす、あの稀有な美しさである。

（「洪水」二〇一一年一月号）

フィクションの表土をさらって

正確な、あるいは、デマであろうがなんだろうが、とりあえず最新の情報を収集して、その中から一片の真実を掘り当てようと、多くの日本人が躍起になっている状況にあって、フィクションなどというものは、しばらく遠くに追いやられてしまうのだろうか。

そういう私も、情報を渉猟するのに時間を費やし、純粋なフィクションを楽しもうという気持ちになれず、むしろドキュメンタリー映画に食指が動いていた。例えばそれは、山口県祝島の島民による反原発運動を記録した『ミツバチの羽音と地球の回転』（鎌仲ひとみ・二〇一〇年）であったり、チェルノブイリ原発事故で灰をかぶった村を取材した『アレクセイと泉』（本橋成一・二〇〇二年）などであったりする。

しかし、私が実際に見たのは、すべてフィクションであった。アメリカの『チャイナ・シンドローム』（ジェームズ・ブリッジス・一九七九年）、ドイツの『みえない雲』（グレゴール・シュニッツラー・二〇〇六年）、日本の『太陽を盗んだ男』（長谷川和彦・一九七九年）、『生きてるうちが花なのよ死んだらそれまでよ党宣言』（森﨑東・一九八五年）の四本で、すべて原発関連の映画である。

テレビ局の女性キャスターとカメラマンが、原子力発電所を取材中に事故に遭遇し、その真相を追究しようとして、何者かに命を狙われるという『チャイナ・シンドローム』は、アメリカで公開されたその数日後、実際にスリーマイル島原子力発電所で事故が起きたという。また『みえない雲』は、一九八六年のチェルノブイリ原子力発電所で起きた大規模な放射能漏れ事故をもとに、ドイツで同じような事故が起こったらどうなるか、といった物語である。

『チャイナ・シンドローム』での、電力会社とマスメディアによる事故隠し、『みえない雲』での、避難命令が発令されて、放射能洩れから必死に逃げようとする近隣住民の姿などは、東京電力福島第一原子力発電所の大惨事以後を生きる私たちには、とてもリアリティがある。その一方、現実的であるがゆえに、どことなく迫力を欠いているような印象を受ける。しかし、これは、現実があまりに過酷だからなのであって、映画に非があるわけではない。私たちは、もはや二〇一一年三月十一日以前に戻ることはできない。だからこそ、私はわざわざ原発を題材にした映画を立て続けに見たのだろうと思う。

仮に、こうした原発関連の映画を、三月十一日以前に見ていたら、私はどんな感想を抱いたであろう。今となっては比較のしようがないのだが、先に挙げた四本の中で、『太陽を盗んだ男』だけは、ロードショー公開時、つまり私が小学生のときに見ている。おそらくそれ以来、三十余年ぶりに見たことになる。今回あらためて見直して、今だからこそ、分かったことがある。

中学校の冴えない物理教師（沢田研二）が、東海村の原子力発電所からプルトニウムを盗み出し、原爆を製造することを計画して実践する。そして、出来たのがサッカーボール大の原爆なのだが、彼はそれで何がしたいのか、自分でも分からない。そこで、彼は警察（国家）を自分の言い成りにさせることを思いつき、ある刑事（菅原文太）に電話する。「ナイターの放送時間を延長しろ」「ローリング・ストーンズの武道館公演を実現しろ」（いずれも一九七九年当時）と脅迫し、最後には「六億円を用意しろ」と迫る。その後は、結末に向かって荒唐無稽なカーチェイスや格闘シーンが続く。

主人公が、警察の中でも、特に菅原文太演じる刑事を選んだのには、それなりの理由がある。主人公が生徒を連れて東海村の原子力発電所見学に行った帰り、バスジャックに遭遇し、犯人を説得するために刑事（菅原文太）がバスに乗り込んでくる。刑事は、まず生徒を解放することに成功し、犯人をバスから降ろし、一瞬の隙をついて、待機していた警官に犯人を射殺させる。その強烈な存在感から、主人公はこの刑事と対峙することを決めるのだが、それ以上の説明は、映画の中で語られることがなく、あまり説得力が感じられない。

しかし、この曖昧さは大した問題ではない。私が注目するのは、バスジャック犯（伊藤雄之助）の存在であり、バスジャックしたその動機である。ボロボロになった国民服（軍服？）を着た老いた犯人は、戦争で死んだ息子のことで「天皇陛下に会わせろ」と要求し、バスを皇居の敷地内に向かわせる。それを聞いた刑事は、バスに乗るやいなや、「陛下は会われると仰っている」という殺し文句で、犯人を説き伏せてしまう。この場面は、主人公と刑事が最初の出会いを果たすために用意されただけのように見えるが、この場面にこそ、『太陽を盗んだ男』の真のモチーフが隠されている、と私は思った。

主人公の行動には、確たる動機や目的がなく、映画はひたすらエンタテインメントとして見る者を飽きさせないように仕上げられている。であれば、なぜ、バスジャック犯を登場させ、彼に「天皇に会わせろ」と要求させたのか。ここには、明らかに〈戦争の記憶〉がある。

監督の長谷川和彦は、昭和二十一年一月五日広島県加茂郡（現東広島市）生まれ。母親が原爆投下二日後に広島市に入って放射能を浴び、長谷川は胎内被爆したという。しかし、彼の経歴と原爆というモチーフを結びつけるのは、あまりにも性急に過ぎるだろう。むしろ、長谷川は、こうした出自を思い起こさせないほど、フィクションに徹して、この映画を撮ったのだと言える。だが、胎内被爆した長谷川とバスジャック犯と原爆が、〈戦争の記憶〉という一本の糸で繋がっていることは、間違いないだろう。

『生きてるうちが花なのよ死んだらそれまでよ党宣言』は、福井県の美浜原子力発電所近隣の町を舞台に、原発ジプシーと呼ばれる原発作業員（原田芳雄）とストリッパーのバーバラ（倍賞美津子）の流れ者同士の恋人関係と、二人をめぐる人間模様をエネルギッシュに描く。原発ジプシーの過酷な実態、つまり彼らがヤクザにピンハネされた安い賃金で働かされていること、放射能漏れを隠すために命を狙われること、また被曝死した労働者が人知れず闇に葬られていることが、ここでは、大っぴらに語られている。だからと言って、この作品は社会派映画という窮屈な防護服をまとうことなく、フィクションという身軽さで、見る者を楽しませてくれる。そして何より、この映画には、美しいシーンが幾つかある。

囲われていたヤクザから足抜けして、数年ぶりに地元に帰って来たアイコ（上原由恵）とバーバラとタマ枝（竹本幸恵）が、原発が見える浜辺で焚火を囲みながら、夜を徹して酒を酌み交わす。そこに、原発内部の暗い映像がオーバーラップする。アイコは今まで出会った人の名前を全て記憶していて、その場で「チョウさん、ガタさん、アリラン爺さん…」と唱える。その声をBGMに、防護服やマスク、手袋などを身に付けていく作業員の様子が映し出される。海辺では空がゆっくりと明るみ始め、アイコの唱える名前はまだ終わらず、原発内部では、線量計のアラームが一斉に鳴り響き、作業員が慌てて逃げ出す姿が重なる。

また、原発事故に遭遇した作業員（泉谷しげる）が、事故隠しを謀る追っ手から逃げるために、死んだふりをして生きたまま山腹に埋葬される。彼の恋人であるアイコは、死んだ彼と祝言を上げたいと、バーバラと、ある事件がきっかけで町に滞在することになった中学教師（平田満）に仲人を頼む。三人が墓の前に座り、いざ婚礼の儀を始めようとすると、墓の中から声が聞こえ、沖縄衣装を羽織ったアイコが墓を掘り返して、棺桶から恋人を引き上げる。作業員は、こうなったことの顚末を、他の二人に説明する。ここで、原発内で作業員が死ぬと、その日の夜にヘリコプターが来て、ドラム缶にコンクリート詰めされた死体がどこかに運び出されるという黒い噂が、映像とともに語られる。自分もまた生き証人だからと、彼とアイコは、別れの挨拶もそこそこに、山を駆け下りて逃げていく。

民話のような世界と残酷な現実を折り重ねるようにして、森崎東は、この映画を美しい織物として紡いでみせる。他にも、仕事を終えた作業員が、スナックで空のビール瓶の口を吹いて、その音の出具合によって、その日の放射線量を測るという、悲しくも美しい場面が、さり気なく挿入されているのも、見逃せないだろう。

森崎東は、なぜ原発ジプシーの実態を、もちろん虚実を含めてだが、社会派映画としてではなく、フィクションとして撮ったのだろう。私は、彼の来歴を調べてみることにした。森﨑は昭和二年十一月十九日長崎県島原市生まれ。これを知った私は、もしや長谷川和彦と同じように、森﨑自身もしくは彼の身内が、長崎の原爆に被爆したのだろうかと、短絡的に結び付けてしまったのだが、そういう事実は見当たらなかった。

しかし、彼の中には、別のところで〈戦争の記憶〉が強く残っていた。海軍航空隊の少尉候補生だった森﨑の兄が、終戦翌日の八月十六日、三重県津市の香良洲海岸で割腹自決を遂げる。「日本の指導層への絶望こそが兄の自決の真の理由だったと思われてなりませんでした」「生きている間に、兄の死の意味を、新たにシナリオの形で書き留めておきたい。敗戦によって打ち砕かれた兄の誇り。その誇りを奪って兄を死にまで追いつめたアメリカ帝国主義に一矢を報いたい」と森﨑は語る（アサヒネット・二〇一〇年三月二十八日）。そのシナリオは、敗戦直後の日本を舞台にした、原爆で死んだ一人の少女の物語だという。「原爆死した少女のあだ討ちは果たせるか？　しかもそれを、喜劇の形で果たせるのか？」。森﨑は、こう自分に問い掛ける。

森﨑の言う喜劇をフィクションに置き換えてみると、『生きてるうちが花なのよ死んだらそれまでよ党宣言』があのような美しい映画として撮られた意味を理解できる。フィクションに徹してこそ、〈戦争の記憶〉にあだ討ちを果たすことができるのだ。それは、長谷川和彦にしても同じではないかと思う。

さて、私は、今までこうした映画の見方をしてこなかった。フィクションの表土をさらって、地中深く流れる源流を探り当てるというこの方法は、ともすると映画そのものから視線を外すことにもなるので、あまり好ましくない。しかし、私がこんな見方をしてしまったのも、二〇一一年三月十一日以後を生きているゆえかもしれない。

信じられない事実が次々と明るみになる中で、福島県郡山市の小学校の教員が、放射能に汚染された校庭の表土をさらう、というニュースが入ってきた。まともに考えても、放射性物質の飛散は続いていて、表土だけをさらっても除去はできないだろうし、取り除いて山積みになった表土の移送場所はないのだから、なんの解決にもならないことくらい分かりそうなものだ。しかし、だからといって、私たちは、追い詰められた彼らの行為を笑うべきではない。高い放射線量が計測されているにもかかわらず、政治家からも文部科学省からも、避難指示も適確な対処方法も与えられず、放置された地域で、しびれを切らした教員の、そうするより仕様のなかった行為は、ただただ悲しいだけだ。その後、表面の土とその下の土を入れ替えることによって、放射線量の数値は下がったということなのだが、これで少しでも状況が改善されることを願う。

こうした場当たり的な処置を、今回どれだけ見せられてきただろう。それらはほとんど、政治家や官僚、学校教員といった公職にある者の判断である。これは私の邪推に過ぎないのだが、彼らの行為は、現実を生き抜くために対症療法ばかりを学んで、映画や小説といったフィクションをないがしろにしてきた、その結果ではないだろうか。逆説的だが、まずフィクションの表層を信じるという段階を踏んでこそ、虚構を見抜くことができ、その奥に隠された真実を知ろうという思考が生まれる。

私には、移送場所もなく、汚物としてうずたかく積み上げられた砂の山が、彼らが今まで見向きもせずに捨ててきた、フィクションの表土に見えて仕方がなかった。

(「洪水」二〇一一年七月号)

ドン・キホーテをきどったパスカル・オジェは、「現実なんて、恐怖政治と同じ」と断言するのです。

きょうは、ジャック・リヴェットの『北の橋』という映画について、少しお話ししてみようと思います。ジャック・リヴェットという人は、みなさんご存じでしょうが、念のためにご紹介しておきますと、御歳八十三歳になる、フランスの映画監督です（二〇一六年没）。映画雑誌「カイエ・デュ・シネマ」の編集に携わり、一九五〇年代から映画を撮り始めます。ゴダール、トリュフォー、ロメール、シャブロルらと同じ、〈ヌーヴェル・ヴァーグ〉を代表する映画作家の一人です。

『北の橋』は、制作されたのは一九八一年ですが、日本で上映されたのは、一九九三年になってからです。私はこの映画がとても好きで、公開当時に二回見て、廃盤になってしまったDVDを最近インターネットで購入し、久しぶりに見直しました。どうしてそんなに好きなのかと申しますと、監督やスタッフや出演者が楽しんで映画を作っている雰囲気が、スクリーンを通して伝わってきて、見ている私まで愉快な気分になってくるからなのです。物語にばかり集中していると気がつかないかもしれませんが、制作者たちの気分や感情がフィルムに焼きつけられた映画が、ごく稀にですが、あるのです。近年のCGや3Dを駆使した映画は、現場の雰囲気をフィルムから消し去って、技術者のテクニック自慢ばかり見せつけられるので、あまり好ましくありません。昔の特撮技術の方が、人間味があって、微笑ましく感じられます。

そういうわけで、『北の橋』は、何度見ても楽しい、いい映画なのですが、今回あらためて見たところ、以前とは違った感慨を持つようになりました。今まで見えていなかったものが見えてきた、と言いますか、ただ単に楽しいだけの映画ではないな、ということが分かってきたのです。そのことについて、これからお話ししていこうと思います。

まずは、あらすじからご紹介しておきます。刑務所から出所したばかりの元テロリストの中年女性マリー（ビュル・オジェ）は、恋人と再会するためにパリにやってくるのですが、刑務所暮らしのために閉所恐怖症に罹っていて、恋人がいるホテルに入れず、会うことができません。そこで、偶然知り合った若い女の子バチスト（パスカル・オジェ）に伝言を頼むのですが、用事が済んだ後も、バチストはマリーから離れようとせず、「あなたを守ってあげる」と一方的に宣言して、勝手についてきてしまいます。二人は、マリーの恋人が何か犯罪に関わっていること、彼のバッグに同心円状の線が描かれたパリの地図が入っていたこと、その影にマックスという怪しい男がいることを知り、その謎を解くためにパリを巡り歩く、といった物語です。

これだけ話しますと、何やらミステリーかサスペンス映画のようですが、そういった緊張感はなく、むしろユーモアに満ちた、楽しい作品に仕上がっています。それは、この作品が、実は『ドン・キホーテ』をモチーフにしているからだと思われます。公開当時のパンフレットによりますと、二人の女優は、リヴェットにすすめられるままに『ドン・キホーテ』を読み、その要素を映画に取り入れていったそうです。パスカル・オジェは遍歴の騎士ドン・キホーテを、ビュル・オジェは従者サンチョ・パンサを意識して演じているのです。

『ドン・キホーテ』は十七世紀初めの小説で、作者はセルバンテスという人です。片田舎の紳士ドン・キホーテが、当時流行していた騎士道小説の読み過ぎで、すっかり自分が騎士になった気になってしまい、サンチョ・パンサを従えて、世の不正を正すために旅に出る、という物語です。ドン・キホーテの、夢想へ向かっての猪突猛進ぶりや、自分が正しいと信じれば信じるほど、周囲には気が狂っているとしか見なされないさまは、実に面白くて、四百年以上も前の小説とは、とても思えません。『北の橋』のパスカル・オジェ扮するバチストのキャラクターは、『ドン・キホーテ』の荒唐無稽ぶりを、かなり忠実に再現していると言えます。

では、『北の橋』は、『ドン・キホーテ』を読んでいないと分からないか、と言いますと、決してそんなことはありません。『ドン・キホーテ』は、他の騎士道小説を読んでいなくても面白いですし、『北の橋』も、それだけで充分に楽しい映画です。しかし、今まで見えなかったものを見るためには、『ドン・キホーテ』とその作者セルバンテスのことを視野に入れる必要があります。

まず、おさえておきたいのは、『ドン・キホーテ』の作者セルバンテスは、アリストテレスの研究家だった、ということです。アリストテレスという人は、古代ギリシャの哲学者です。岩波文庫『詩学』の解説（松本仁助・岡道男）によりますと、「十六世紀に入ってアリストテレースの『詩学』がひろく読まれるようになっ」たとありますから、セルバンテスも『詩学』の熱心な読者の一人だったのではないでしょうか。

『詩学』は、ミメーシスという文学手法を説いた講義録です。ミメーシスというのは、『広辞苑』によると「修辞法の一。言語・動作を模写して、人や物を如実に表現しようとする手法。模擬。模倣」とありますが、アリストテレスの言うミメーシスとは、演劇、とりわけ悲劇において、登場人物の性格、セリフ、役者の演技などを、現実にありうるものとして再現する手法であり、物語を、あるべき現実に迫るために、理想的に行為を再現する手法のことです。『ドン・キホーテ』は、二重の意味で、このミメーシスの手法を用いて書かれているようです。第一に、ドン・キホーテは、世の中を良くするため、あるべき現実をめざすために、騎士になり、旅に出ます。第二には、セルバンテスは、ドン・キホーテという非現実的な理想家を主人公に置くことによって、逆に当時の現実世界をくっきりと浮かび上がらせているのです。

以上のことを踏まえて申しますと、リヴェットは、映画における現実を、実際にありうるものとして再現するために、パスカル・オジェにドン・キホーテさながらの夢想家を、ビュル・オジェにサンチョ・パンサのようなリアリストを演じさせたのだと考えられます。つまり、リヴェットは、『ドン・キホーテ』をモチーフにすることによって、アリストテレスにまで遡って、ミメーシスの映画を撮った、と言えます。まあ、こんな理屈ばかりおしゃべりしていても、なかなかピンとこないと思いますので、『北の橋』に沿って、ご説明していきます。

まず、バチストは、バイクを乗り回しながら、パリの街中でライオンの像と遭遇する度に、まるで本物のライオンが飛びかかってくるのを警戒するごとく睨みつけたり、人の顔が写ったポスターを見れば、監視されていると思い込んで、その目をナイフで切り刻んだり、常に戦闘態勢でいるために毎朝かならず一人でカラテの稽古をしたりと、現実ではなく、いつも非現実的な世界に生きています。ラスト近くになると、竜の形をしたすべり台を目にした彼女は、竜が口から火を吹いているように見え、すべり台に向かって、全身の力をふりしぼって絶叫します。すると、竜の口から火が消えます。最大の敵を鎮めたバチストは、勝利の笑みを浮かべるのです。

一方のマリーは、元テロリストで、刑務所暮らしという苦い経験もして、現実的に、恋人と一緒になることだけを願っている中年女性です。最初に申しましたように、彼女は極度の閉所恐怖症で、クロワッサンを買うにもパン屋に入れず、電話ボックスのドアを開け放していないと電話もかけられず、地下鉄や自動車にも乗れず、いつも野外にいます。彼女の閉所恐怖症は、刑務所という現実から隔離された状態の拒絶であり、常に現実世界の空気、いわゆるシャバの空気ですね、を吸っていたいという欲求のあらわれと見ていいでしょう。

見たものすべてを敵と疑ってしまう妄想癖のあるバチストと、テロリストという理想家だった過去を捨てて現実を生きようとするマリー。この対照的な二人がペアになることによって、映画の中の現実がリアリティをもってくるのです。マリーだけでは、恋愛をからめた単なる犯罪映画で終わってしまうところを、バチストという特異な人物の目を通すことによって、混沌とした、謎だらけの現実世界のありようが立ち上がってくるのです。

しかし、この作品は、そんなに単純ではありません。どういうことかと申しますと、二人のキャラクターは、実は全く逆転しているのです。バチストはリアリストであり、夢想家なのはマリーの方なのです。それは、二人の会話を聞けば明らかです。マリーが、刑務所に入っていたときのことを、「いつもジュリアン（恋人）のことを考えてた。彼は手紙をくれたし、面会にも来たわ」と語ったのに対して、「まるで小説みたいなお話ね」とバチストが感想を言うと、マリーは「まぎれもない現実よ」と応じます。すると、バチストは「現実なんて、恐怖政治と同じ」と断言するのです。そのすぐ後のシーンでは、閉所恐怖症でホテルに泊まれないと言うマリーに、「ホテルは監視されてる。あなたが考える以上に監視されてるの。話すことから、何をしたかまで、すべてよ」とバチストは言い放ち、「そう思う？」と訊ねるマリーに、「事実よ」と答えるのです。また、二人が犯罪に巻き込まれつつあることについて、「相手は多いの。私服のデカなら、すぐに分かるわ。怖いのは、もっと別の連中よ。人を調べ上げ、張り込み、実力行使に出る。ひどくなると、ときには銃撃戦だって起こる」とバチストは語り、「それは、あなたの想像……」と否定するマリーに、「事実なの。信じるのは事実だけよ」と明言するのです。

　このように、リアリストなのは、むしろバチストの方で、マリーは現実のことがよく分かっていないのです。と言いますのも、マリーは、本当の現実ではなく、物語の中の現実世界に生きているからなのです。恋人と一緒になるという一方的な願望、その恋人が誰かに狙われているという妄想、それらをあたかも現実のことだと思い込んでいて、無意識に作り上げた現実という物語の中にいることに、マリーは最後まで気がつかないのです。

では、夢想家であるように見えるバチストが、なぜこれほどまでに現実をよく見通せるのかと言いますと、逆説的ですが、彼女がまさに夢想家だから、なのです。夢想は、幻覚症状ではありません。夢想とは、意識的に見えないものを見ようとする意志なのです。その意志こそが、現実という物語の奥に隠された、真の現実を見抜くのです。ばかばかしく見えるカラテの稽古も、ラストシーンで謎の男マックスと一戦を交えることになって、実際に役に立つときが来ましたし、しかもマックスが実はカラテの名手で、彼に細かく指導されて、ついには一緒に稽古を始めてしまうのです。ここで、夢想だったことが実現し、バチストは真の現実と出会うことになったのです。恋人に裏切られ、銃で撃たれてしまうマリーとは対照的です。マリーは、現実という物語の中に閉じこもり、結局はその物語にだまされてしまったのです。

以上が、今回『北の橋』を見直した私の感慨なのですが、お分かりいただけたでしょうか。もし、難しすぎるようでしたら、映画から目を離して、実際の現実をご覧になってみてください。私たちが今いる現実世界は、本当に本当の現実なのでしょうか。それとも、誰かが、もしくは自分自身がねつ造した現実という物語なのでしょうか。この二つの現実を見分けるためには、まずバチストのように夢想家になる必要があります。しかし、夢想するだけでは充分ではありません。夢想を現実にするためには、行為をしなくてはなりません。アリストテレスは、あるべき現実をめざす行為の再現を説きました。では、私たちは、どうやって、真の現実を求めていけばいいのでしょうか。それは、また別のお話になります。

さて、きょうは、みなさんが『北の橋』を見ているという前提でお話ししましたが、これからご覧になる方は、私のくだらないおしゃべりはひとまず忘れて、どうぞ楽しく映画を見てください。

（「洪水」二〇一二年一月号）

映画の、映画による、映画のための、切断。

侯孝賢《ホウ・シャオシエン》の『悲情城市』（一九八九年・台湾）は、映像が映し出される前にまず、天皇の玉音放送から始まる。五十一年間にわたる日本統治という歴史の終わりから、祖国復帰という新たな歴史を踏み出した人々を通じて、蔣介石が国民党政府を遷都するまでの四年間の台湾を描く。

映画は、台北の東、台湾北部最大の港町の基隆《キールン》を舞台に、林阿禄と息子の四人兄弟家族を中心に展開する。主人公となるのは、この家族の四男である文清と、彼に心を寄せる寛美である。文清は聴覚障害者で、小さな写真館を営んでいる。寛美は看護師として町の病院に勤めている。物語は、映像とともに、寛美の日記と、阿雪（長男・文雄の娘）の手紙を、彼女たちがそれぞれナレーションする形式で進んでいく。

後半になると、戦前からの台湾人である本省人と、大陸からやってきた外省人が、台北でのヤミ煙草摘発で衝突し、多くの人命が失われる「二・二八事件」が起こり、映画は一気に悲劇性を帯びてゆく。

しかし、この作品は、いわゆる大河ドラマ的な歴史ロマンではない。史実をもとにしながら、実在した人物は一人も登場しない。あくまでもフィクションとして、当時の台湾のある断片を、映像として提示してみせる。

そうは言っても、私は、この『悲情城市』を、〈叙事詩としての映画〉として見る。紛争や闘争の時代を舞台設定に置き、それらを解決する、或いは巻き込まれてゆく人物の行動が中心になるということでは、この作品もまた、叙事詩的映画（エピック・フィルム）というジャンルに含まれるだろう。だが、物語や設定がその映画の本質的な主題を決める上で重要だとしても、そうした要素とは別なところで、つまり映画そのものが叙事詩たりうる稀有な作品として、私は『悲情城市』を見る。

この作品で、カメラは一貫して人物にクローズアップすることがない。常に距たりを保っている。カット割りも少なく、ワンシーンワンショットで、いかにも淡々と映画内の事実を映していくことに徹している。侯孝賢がこうした手法を選び取ったのは、彼の歴史に対する認識に依っていると考えられる。

「この映画は事実を描いたというより、あの時代についての私たちの主観的イメージにもとづいて、当時の時代状況や時代の息吹きを模索したというべきでしょう。そのため、撮影にあたっては、距離をおいた傍観者であることをとりわけ心がけ、当時の人たちの考え方や生活をいっさいの批判なしに描き出そうと考えたのです。」（侯孝賢『悲情城市』パンフレット・東宝出版事業室、戸張東夫・齋藤妙子訳）

彼がここで言っているのは、「歴史とは常に主観的なものである」ということだ。どんなに時代考証して、史実に忠実であろうとしても、歴史そのものが、そもそも誰かの主観によって造られた物語なのである。この歴史の主観性ということを強く意識しながらもなお、侯孝賢は傍観者としてのまなざしで人物たちを見つめ続け、客観としての歴史を浮かび上がらせようとする。

こうした歴史に対する認識は、作品内の事柄が寛美の日記や阿雪の手紙を通して語られることによって、さらに裏打ちされる。これは、自分が生まれていなかった時代、いや、自分が生きている時代であっても、歴史は言葉でしか知ることができない、ということを明らかにする。逆に言えば、この映画は、彼女たちの言葉に基づいて、歴史を再現しようとしているのである。こうした間接話法を用いることにより、『悲情城市』は、「客観と主観の間の緊張」（侯孝賢・同前書）を獲得する。

このことに関連して、忘れてはいけないのは、寛美の恋人で、阿雪の叔父である文清が聴覚障害者である、ということだ。彼は主人公であるにもかかわらず、聞くことも語ることもできない。通常の叙事詩的映画であれば、主人公の行動やセリフをもって劇的に語られるであろうことを、彼にはそれが許されていない。そこで文清は、寛美や他の人物と会話するときに、紙に文字を書くことによって物語を伝え、また家族や友人の動向といった物語の推移を、阿雪の手紙を読むという行為を通じて、見る者にそれらを伝える。つまり『悲情城市』は、二重の間接話法によって撮られた映画なのである。

ところで、ここで思い出しておきたいのだが、映画というのは、まず見るものだ、ということである。物語がどうだとか、歴史がどうだということも、もちろん大切な要素ではあるのだが、そうであったとしても、私たちは、映画の画面から視線を外してはいけない。と言うのも、映画が映画としてあるのは、画面をおいてないからだ。『悲情城市』

で、そのことを最も象徴的に、かつ感動的に表現しているのが、文清と寛美が、蓄音機でローレライのレコードをかけて筆談するシーンである。ここで侯孝賢は、サイレント映画の手法で、どちらかが紙に文字を書く度に、映像の間に字幕を挿入させる。サイレント映画の字幕というのは、外国語の映画で使われるような、映像の下に入る字幕のことではなく、黒い背景に白い文字が書かれた、映像の間に差し挟まれる字幕のことである。ここで『悲情城市』は、映画の最も古い歴史、映画の原点に立ち戻る。つまり、文清を聴覚障害者に仕立てたということは、物語設定上の要請を踏まえたにしろ、彼の存在自体が、映画そのものを具現化したものだと、このシーンを見て思わずにいられない。侯孝賢は、間接話法を二重化して主観と客観の緊張を高めた上で歴史を語りつつ、文清を聴覚障害者にすることによって、作品を映画の原初へと立ち戻らせる。

歴史が言葉で語り伝えられること、また文清が聴覚障害者であることについて、次のような興味深い二説がある。

「『悲情城市』とは、文字によってある経験を伝達し共有できるという信念のもとに成立している映画だ。まず、この作品における文字の重要性は主人公が聾啞者であるという設定によって加速される。彼は筆談によってもっぱらコミュニケーションをはかるのだが、それが字幕という形で映画に取り入れられているのは実に印象的だった。(中略)つまり『悲情城市』とは、『ゲームの規則』を守るため、限りない文字への信頼から生まれた映画なのである。」(彦江智弘『電影透視鏡　アジアから来た人―侯孝賢』・河出書房新社)

「『悲情城市』の口の聞けない四男の綴る文字に注目してみよう。その文字は画面を中断させて、サイレント映画の字幕のように画面に現れる。それらは画面の中に現れていた風景とは、あたかも何のつながりもないものであるかのように示される。カメラの視点の限界がそこに表された、と言えなくもない。風景がカメラで捉えられるものとしての、映画の一要素でしかありえないのであってみれば、映画の機能、あるいは語り得るものを、いわゆる風景の中に閉じこめることもできないことが表されているかのようだ。」(桜井智行・同前書)

両氏の説は、表現は異なっているものの、結論は同じように見受けられる。つまり、歴史は画面によってではなく、言葉によって伝達されるものである、ということであり、侯孝賢もその原則に従わざるをえなかった、ということである。私も、先に、歴史は言葉でしか知ることができない、と書いた。しかし、『悲情城市』は、「限りない文字への信頼から生まれた映画」なのでもなければ、「カメラの視点の限界がそこに表された」映画なのでもない。なぜなら、侯孝賢は、サイレント映画における字幕の挿入という手法を用いながら、昔も今も映画やドラマで常套的に多用される切り返しの手法を、徹底的に排除しているからだ。登場人物が会話をしている際、話者の顔を交互にアップで映すという切り返しの手法は、俳優の表情による演技を際立たせ、物語を感動的に仕立てるのに有効であり、それだけ見る者の共感を得やすい。侯孝賢は、その短絡を拒絶する。字幕による間接話法によって歴史を語りながら、映画が歴史＝物語に簡単に回収されてしまわないよう、あくまでも切り返しを拒むことによって、『悲情城市』は、彼の言う「主観と客観の間の緊張」を保つことに成功している。

主人公を聴覚障害者に設定し、その意思伝達に字幕を挿入するという手法は、侯孝賢の映画の中でも、とりわけ特徴的な手法ではあるのだが、傍観者的なカメラポジションと切り返しの拒否という手法は、『悲情城市』以前に撮られた『恋恋風塵』（一九八七年・

台湾）でも、印象的に用いられている。この作品は、幼なじみの少年と少女の恋愛と別れが主題であるにもかかわらず、やはりカメラは彼らの顔にクローズアップすることはなく、切り返しによる感情の説明を周到に回避している。この手法について、是枝裕和は次のように言う。

「この映画は、一組の男女の間での、〝感情の高ぶり〟を描くといった地点から最も遠いところに位置しているのだ。そういった設定を意図的に選択しながら侯孝賢が行なおうとしているのは、叙情的な物語を叙事詩的に描くということに他ならない。ここで示されたのは、つまり主人公のふたりに感情移入をしながら観るという安易な共感や寄り添いをかたくなに拒みつつ、凝視していくという姿勢なのである。」（同前書）

これは是枝の卓見であると同時に、私が『悲情城市』を〈叙事詩としての映画〉と言った理由の一つも、ここにあると言える。ジャンルとしての叙事詩的映画と〈叙事詩としての映画〉の決定的な差異が、ここにはある。映画が〈叙事詩としての映画〉であるためには、言葉に頼りつつも、物語や感情を見せるのではなく、あくまでも映画の中に生きる人物と、映画そのものを見せること以外にない、ということなのだ。さらに、少年が兵役によって人生の中断を余儀なくされ、その間に少女が別の男性と結婚してしまうことを、弟の手紙によって知らされるという間接話法の重要性を、是枝裕和は見逃さずに指摘している。『悲情城市』は、『恋恋風塵』での「叙情的な物語を叙事詩的に描く」試みを徹底させた作品なのである。

さて、では『悲情城市』が〈叙事詩としての映画〉となりえている最大にして、唯一の条件は、どこにあるのだろうか。それは、『恋恋風塵』における、兵役による人生の中断と深く関係する。兵役というのは、国家権力による絶対的な命令である。平時であっても、自国が他国に侵略されたときに備えるために、市民を訓練し、服従させるものだ。是枝は「中断」と表現しているが、実際は人生の切断であり、存在を切断するのである。もっとも、一市民が切断を蒙るのは、何も兵役だけではない。国家に限らず、世に遍在するあらゆる権力は、容赦ない切断を繰り返し、人々の人生を狂わせる。いかにしてその切断に抵抗し、人生をまっとうすることができるだろうか。いや、権力は、市民が切断されたことを忘れるように、そんなことはなかったかのように、ちゃんと別の物語を用意しているだろうし、市民自らがすぐに新しい物語をでっち上げて、何食わぬ顔で生きていくことだろう。この切断を許さないためには、こうした一連の動きを先回りして、自らを切断しなければならない。

『悲情城市』が、字幕を挿入してシーンの流れを切断し、かつ切り返しによる物語の感情移入を拒否するのは、映画そのものを切断しなければ、自分に都合のよい物語を吸収し、肥大する権力（市民も荷担する権力）の侵入を許してしまうからだ。物語に切断を取り入れるだけでは不十分なのであり、映画そのものを編集によって切断しなければならない。なぜなら、編集は「きわめて強力ななにか」（ジャン＝リュック・ゴダール『ゴダール 映画史（全）』ちくま学芸文庫、奥村昭夫訳）であり、あらゆる権力に拮抗しうるからだ。

侯孝賢は、映画が歴史＝物語＝権力に侵犯されないよう、編集の力で自身の映画を切断し、『悲情城市』を真の〈叙事詩としての映画〉として完成させたのである。

（「洪水」二〇一三年一月号）

反美学としての犬死に

――深作欣二晩年の〈自然〉

映画監督深作欣二が死んで十年（二〇〇三年没）になるという。

そのことを、私は彼の作品について書こうと思い立って、色々と調べているうちに知ったのだが、まず思い出したのは、テレビで放映された彼の講演会である。それは、バブル経済が破綻して以降、苦境にあえぐ中小企業の経営者たちを相手にしたものだった。数多くの映画を手がけてきた深作監督に、撮影中の苦労話をしてもらって、不況を乗り切るヒントにしようというのである。

私のおぼろげな記憶では、会議室然とした会場に、スーツを着た男性が、四、五十人はいたであろうか。彼らの真剣な眼差しを一身に受けた深作は、「私の話が、みなさまのお役に立つとは思いませんが、私でよければ、お話しさせていただきます」と、戸惑いを隠せないようであった。そして、彼が話し始めたのは、ある映画の撮影中のエピソードである。

その映画のワン・シーンで、本物の蛇を使って撮らなければいけないのだが、冬場のロケだから、蛇が寒さで眠ってしまって動かない。これではどうしようもないから助監督に火を焚かせて蛇を眠らせないようにして、いざ本番となった。そこで蛇に目をやると、なんと蛇の体に火がついている。「おい、蛇が燃えてるじゃないか！」と慌てて消しにいった。そんな大変なこともあった、と。

深作は、嬉々として、いかにも楽しそうに語っていた。このとき、聴講していた男たちの反応はどうだっただろう。少しは笑い声が起こっただろうか。それとも、大真面目に聞き入っている表情が映し出されただろうか。

この放送を見たときに抱いた私の感想は、「なんというミスキャスト！」である。深作に限らず映画監督に経営再建の手がかりを求めるというのが、まず無理な相談であることくらい、いくら「貧すれば鈍する」といっても、簡単に分かりそうなものである。それとも、大勢のスタッフやキャストを適確に動かす人心掌握術やリーダーシップといったものを学びたかったのだろうか。であれば、何も深作欣二でなくてもよかったはずだが、まさか、『仁義なき戦い』を撮った監督なのだから、派閥抗争や権力闘争に打ち勝って生き残る方法を教えてくれるのではないか、とでも思ったのだろうか。

そうこう考えているうちに、もしかしたら、これは、講演会の主催者の中に熱心な深作ファンがいて、どうしても彼に話してもらいたい（要するに、会いたい）と熱望して実現した企画だったのではないか、と思うようになった。そうであれば合点がいく。私がもし同じ立場だったら、やはりそうする。エンドロールが流れる番組の最後では、聴講した中小企業の経営者たちが深作を囲んで名刺を渡す場面が映し出されていたから、彼らだって、しばし経営のことを忘れて、ミーハーな気持ちで深作に会えたことを喜んでいたのかもしれない。そして、テレビ局のディレクターやプロデューサーといった人の中にも、やはり深作ファンがいて、こんな地味な講演でも放送してしまったのではないか。そう思えば、深作欣二が講演し、その模様を放送したということは、ミスキャストでも放送事故でもなく、深作映画にシビれた人々の思いによって実現した産物であり、それを見ることができたのは、実に幸いであったといえるだろう。

深作欣二没後十年に際して、この講演会のことを思い出したのは、これを見たのが、年月は定かではないにせよ、確かに彼の晩年だったからである。ガンに冒されていることを公表したとはいえ、それまでの闘病の過程を知らなかった者にしてみれば、深作の死はあっけなかった。それは『バトル・ロワイヤルⅡ』の撮影開始直後の二〇〇三年一月十二日のことだった。私は、あまりに喪失感（不在感といってもいい）が大きく、長男の健太氏が引き継いで完成させた遺作を見ようという気持ちになれず、いまもって見ていない。

深作欣二の映画というと、人はどんなイメージを持っているだろうか。アクション？バイオレンス？　確かに、それは間違っていないだろうし、彼が日本映画史に残る地位を不動のものにした理由としてふさわしい。私もそのことを否定しない。では、彼がアクションやバイオレンスを通じて、執拗に描こうとしてきたことは何だったのか。深作を亡くして十年、私は久しぶりに彼の映画の何本かを見直して、そのことを考えた。

深作の映画で際立つのは、必ずといっていいほど、人が死ぬ、ということだ。定かではないが、人が死なないのは、全六十二作のうち、『ファンキーハットの怪男児』（一九六一年）と『おもちゃ』（一九九八年）の二作だけだという。しかも、彼はその死を劇的に、あるいは感動的に描くのを拒絶している。むしろ、そこにある死は、ほとんどが犬死に（無駄死に）である。有名な『仁義なき戦い』シリーズ（一九七三—七四年）のどれか一作でも見てもらえれば明らかなのだが、裏切りや寝返りが横行するヤクザの派閥抗争の中で、血気盛んな若者たちが、親分のため、組のためという大義名分で次々に犬死にしてゆく。深作作品の中でもとりわけスピード感をもって展開していくこのシリーズでは、彼らの死は実にあっけなく、感傷にひたる暇を与えない。また、『柳生一族の陰謀』（一九七八年）では、柳生但馬守が徳川家三代将軍に家光を擁立せんがために利用した忍者の根来衆を、証拠隠滅のため全滅させるシーンがあるが、一気に一掃してしまう殺し方が、かえって陰惨な印象を与える。

こうして死んでいく（殺される）者たちに共通していることがある。まず、彼らは死にたくて死んだのではない、ということだ。当たり前のようだが、このことは、深作作品における「死」を考える上で外すことができない。もし、彼らが「死を恐れずに」とか「命をかけて」死んでいったならば、その死はたちまち美談に堕ちる。深作は、映画の中で多くの人間を殺すが、決してその死を讃えたり、観客に同情を求めたりしない。

山根貞男によるインタビュー集『映画監督　深作欣二』(ワイズ出版)の中で、深作は「西部劇でもいちばん好きなのがサム・ペキンパー」と発言しているが、それでも彼は、ペキンパーのように死ぬ瞬間をスローモーションで美しく撮る手法を取り入れていない。もう一つは、死にゆく者の多くが若者であり、それも彼らより上の世代、上の立場の人間の私利私欲に利用された果てに犬死に(犠牲死)していく、ということである。彼らを利用した者たちは、若者の死を嘆くことなく、犠牲を出した報いを受けることもなく、尽きることのない己の欲望を満たしていく。

では、なぜ、深作は、「犬死に」に執着したのだろうか。それは、すでに指摘もされ、本人も証言していることだが、十五歳のときの戦争体験が根底にある。昭和二十年七月十日の夜、彼の生まれ育った茨城県の水戸が、アメリカの艦砲射撃を受ける。翌朝、様子を見にいくと、海岸線から工場があるところまで四キロくらいにわたって砲撃を受け、二十人ほどが死んでいたという。そして、散り散りになった死体を拾い集め、棺に入れて担ぐのだが、その間に臭い血が垂れてきて、それを持っていって焼いたというのが、深作の生々しい戦争体験である。

戦争を経験した世代の表現者の多くは、ジャンルを問わず、戦時のトラウマを生涯のテーマとして創作し、それが普遍性をもった反戦思想や平和主義となって、日本の戦後文化を形成してきたともいえる。深作も、そうした戦中派の一人に入れてしかるべきだろう。しかし、彼の作品からは、声高に戦争反対や平和を訴える叫びは聞こえてこない。彼が描くのは、抗争や暴力に巻き込まれて否応もなく死んでいく者と、彼らを踏み台にして生き続ける人間がいる、という如何ともしがたい不条理な現実である。

そのことを白日の下に晒したのは、戦中よりも、むしろ戦後だったのではないか。それは、『仁義なき戦い』が戦後の呉市の焼け跡を舞台にして展開することと無縁ではないだろう。「御国のため」という御題目で多くの国民の命を奪った戦争こそ終わったものの、そこにあったのは、若者が体よく騙されて犬死にし、彼らの命を糧に肥え太った者たちが生き残るという、戦時中となんら変わらない光景だったのである。

この構造には、カタルシスの入り込む余地がない。なぜなら深作は、死者と生者を善と悪で分けることを徹底して避けているからである。それゆえ、彼の作品を見終わった後には、後味の悪さが残る。深作欣二は、決して、犬死にを美学として描かない。決して、死者を善として祭り上げない。彼の映画では、死は、どんな死であれ、美しくないのである。

そうはいってもしかし、深作欣二は、冷酷な傍観者ではない。歴史や時代、権力に翻弄され、殺されてゆく人間の「犬死に」を虚飾なく描いてきた深作は、戦後の記憶が遠ざかり、死を隠すようになった一九八〇年代に試行錯誤の過程を辿った後、九〇年代に入って『忠臣蔵外伝　四谷怪談』（一九九四年）を制作し、これまでとは大きく異なった表現方法で、死を描く。この作品は、鶴屋南北作『東海道四谷怪談』で、主人公の民谷伊右衛門が赤穂藩士であるという設定に着目し、「忠臣蔵」と「四谷怪談」を結びつけた、奇想にあふれた時代劇である。

赤穂浪士の一人で仇討ちを志していた伊右衛門は、討ち入りを決行するまでの一年の間にお岩と恋仲に落ち、態度には表さないものの仇討ちに迷いが生じる。一方で、生来の貧しさから脱したいがために、彼は吉良家の家臣の娘お梅と祝言を挙げ、邪魔になったお岩に毒薬を飲ませて殺してしまう。そして、吉良家の家臣になる条件として大石内之助を斬りに行く。だが、彼は内之助を斬れず、逆に浪士たちの返り討ちに遭い、半ば死んだ身となる。最後、討ち入りの現場に現れたお岩の亡霊が赤穂浪士たちを助けて、仇討ちは果たされる。その間に伊右衛門も死に、二人は現世での恨みや欲望や苦しさから解き放たれて、ようやく一緒になることができたのである。

この作品で、深作は遂に死者の「死後」を描くところまで行き着く。それも、『魔界転生』（一九八一年）のように、現世で殺された恨みを晴らすべく蘇った死者ではなく、生者を見守る死者を、死者のまま、死者としてフィルムに収めたのである。毒薬で焼けただれた顔が、以前よりもきれいになったお岩と、自分が死んだことを悟った伊右衛門が、見つめ合い、語り合うシーンは、あまりにも美しい。このことは、それまでの深作が「死」を美しく撮らなかったことと矛盾しない。彼が、死を美談に落とさず、美学に高めず、それがただ「死」であることを撮り続けたのは、そこに死者はいなくなるためである。死を美しいものとしてしまえば、観客にその「死」を見せるための方法があるとすれば、死者を、もはや汚れる（殺される）ことのない、美しい姿の死者として映す他にない。

単独で撮り上げ、実質上の遺作といえる『バトル・ロワイヤル』が、深作欣二のバイオレンス路線の完全復活であり、映画監督としての完成であるという評価を、私はしない。それよりも、『忠臣蔵外伝　四谷怪談』こそが、深作が執拗に追求してきた生涯のテーマの大きな達成である、と私は考える。彼はこの映画のラストシーンで、それまでの全作品を浄化し、劇中で犬死にしていった者たちだけでなく、戦中戦後を通して現実世界の犠牲になった死者たちをも、弔うことができたのではないだろうか。私には、そう思われてならないのである。

晩年の深作欣二は、森鷗外の言葉を借りれば、犬死にしていった人間というものに、〈自然〉を見ていたのではないだろうか。『忠臣蔵外伝』の前年、彼は鷗外原作の『阿部一族』をテレビ用に制作している（放映は『忠臣蔵外伝』の翌年）。この作品でも、多くの人間が不条理な理由で死んでいく。それは、武士の面目や忠義といった理屈では、とうてい理解できない、歴史の流れに翻弄された果ての犬死にである。『阿部一族』を経た末に辿り着いた『忠臣蔵外伝』のラストシーンは、まるで深作のあたたかい微笑みそのものを見ているようである。

（「洪水」二〇一四年一月号）

ハイマートロス一番星

二〇一四年五月十四日、私は映画『トラック野郎』を生まれて初めて見た。その翌日の十五日、『トラック野郎』シリーズ全十作を監督した鈴木則文が死んだことを、新聞で知った。私が見た第八作『一番星北へ帰る』(一九七八年)は、五月五日にテレビ放映があって、それを録画しておいたものである。だから、日付の符合というのは、ただの偶然に過ぎないだろうし、とりたてて騒ぐほどのことでもないのかもしれない。しかし、私にとって、この二日間の出来事は大きかった。これまで『トラック野郎』を見てこなかったこと、鈴木則文という映画監督に一度も注目してこなかったことは、あまりに迂闊だった。

『トラック野郎』シリーズが公開されたのは一九七五年から七九年にかけて、ちょうど私が七歳から十一歳の頃である。当時、私はこの『トラック野郎』の、いかにもガラの悪い感じがイヤで見たいと思わず、その偏見をずっと抱き続けたまま大人になった。同じ東映で、『トラック野郎』に先行する『仁義なき戦い』シリーズ（深作欣二）も、子どもの頃はまったく興味がなかったし、その存在を知らないで過ごしてきたのだが、大学時代にビデオ化され、友人のすすめで見たところ、その熱気と迫力に圧倒され、シリーズ全作品を一気に見てしまった。人が、ある映画を〈発見〉するのは、それに相応しい時期や、そのときに置かれた自分の状況が関係するのかもしれない。だから、この度の『トラック野郎』の〈発見〉も、きっとそうなのだ。そう思いたい。

では、今回なぜ、私は『トラック野郎』を見る気になったのか。それは、「洪水」第十四号（二〇一四年七月）で取り上げた澤井信一郎が、脚本や助監督としてこのシリーズに参加していることを知ったからである。彼が『野菊の墓』（一九八一年）で監督デビューを果たす以前のことだ。『一番星北へ帰る』では、助監督としてクレジットされている。先入観というのはいい加減なもので、自分の愛好する澤井信一郎が関わっていると思うだけで、いつの間にか作品に対する印象が良くなっていて、見る前から期待してしまったりしているのだから、まったくアテにならない。

さて、『トラック野郎』は、日本映画をある程度見ている人ならすぐに分かることだが、設定や物語は『男はつらいよ』シリーズ（山田洋次）を踏襲している。主人公・一番星こと星桃次郎（菅原文太）が、毎回登場するマドンナに一目惚れするのだが、いつもその恋は成就することがない。桃次郎という名前からして、寅次郎を意識していることが分かる。実際、東映側は、松竹のライバル映画『男はつらいよ』に対抗すべく、盆と正月に『トラック野郎』をぶつけて公開し、当時は「トラトラ対決」（「トラック」と「寅さん」だから）と呼ばれたらしい。『トラック野郎』が『男はつらいよ』と異なるのは、下ネタや喧嘩、カーアクションの場面を満載し、えげつなさを臆面もなく押し出して笑わせようとするところにあるだろう。

ところで、私は、『トラック野郎』初体験として見た『一番星北へ帰る』の、いったい何に心打たれたのであろう。それはまず、この作品の舞台が東北であった、ということに関わる。一九七八年当時の岩手県宮古市の漁港や福島県いわき市の常磐ハワイアンセンター（現スパリゾートハワイアンズ）が映し出された場面に、二〇一一年三月十一日以降の私は、それだけで、ある種の感慨を覚えてしまう。ごく他愛のない、が、それゆえにいささかのあやうさを伴った、単純なセンチメントではある。

もちろんしかし、話はこれで終わらない。桃次郎が、今作品のヒロインである未亡人の北見静代（大谷直子）と彼女の一人息子・誠（加瀬悦孝）と、三人で山の頂上から湖を眺める場面がある。静代が「昔ここにハイキングに来たことがあるんです、楽しかったわあ」と嬉しげに言うと、桃次郎は「僕はここで生まれたんです。この下に僕のふるさとが沈んでます」と言ってから、抱っこした誠に、「ほら、おじちゃんの生まれた町はあそこだ」と湖の遠くの方を指し示し、「おじちゃんが小学校六年の頃に、ダム工事が始まって、全部沈んじゃったんだ」と語り、さらに湖の別の辺りを指さして、「あのあたりが鎮守様だ。秋祭りは賑やかだったぞ。ちょうど誠ぐらいのときから神輿を担いだんだ、わっしょいわっしょいってな」と続ける。日差しを受けて輝く湖面を映した画面に、祭り囃子の音のみを効果的に流し、静かな感動を誘う。私は、この場面を見て、『トラック野郎』が、単に『男はつらいよ』の二番煎じを狙った映画なのではなく、ハイマートロス（故郷喪失）の物語であることを、確信した。杉作J太郎・植地毅編著『トラック野郎浪漫アルバム』（徳間書店）によると、桃次郎が生まれ故郷を訪れるのは、十作中八作目の『一番星北へ帰る』が初めてらしいので、私は幸運だったのかもしれない。

次に見たのは、第五作『度胸一番星』(一九七七年)。やはり同じテレビ局が放映したものを録画して、時間が経ってから見た。この作品の舞台は新潟である。桃次郎のライバルとなる新村譲次(千葉真一)は、ジョーズ軍団を率いて、「越後獅子」と自称するトラック野郎たちの4チャンネルの無線を片っ端から壊し、一方的に無線の使用を禁止する。観客も、桃次郎たちも、最初はその理由が分からない。だが、映画の中盤、彼の生まれ育った村が、原発建設用地になっていることを、私たちは知ることになる。

「先祖の土地を守れ」「原発反対」と書かれた看板をブルドーザーが次々に薙ぎ倒していく村に、譲次はトラックで乗り込む。そして、村民に向かって「俺はな、はした金でこの村を売りやがったテメエらのツラなんか見にきたんじゃねえんだ」と吐き捨てるように言う。すると、村長らしき老人が「これは村会で決めたことなんだ」と言い返すと、譲次は「そうだ、だから俺はこの村を出て行ったんだ。それについて今さらとやかく言うつもりはねえ。ただな、ここは俺の生まれたところだ。所詮つぶされるにしても人手にはかけねえ。俺がこの手で幕を引きに来たんだ」と吠え、電力会社の社員たちを殴り倒し、トラックで村の家々や小屋を泣きながら破壊していく。

その後、譲次は、桃次郎と喧嘩を始める前の場面で、無線を禁止した理由について「無線だけじゃねえ。おまえらの話はみんな耳障りだ。二、三人集まりゃ、すぐに新潟音頭に佐渡おけさ、お国自慢に花が咲くと来やがる。ヘドが出るんだよ」と語る。そして、子分たちに向かって「おまえの国はどこだったっけかな」とたずねる。子分たちは「俺は筑豊。そんなもの、山と一緒になくなっちまったよ」「俺は沖縄だ。飛行場の冷てえコンクリートの下で眠ってるよ」「四国の俺の村はダムの底だい」「俺は岩手県。日本のチベットだってよ」。誰がそういうふうにしたんだよ」と一人一人、自らの故郷喪失を告白する。それに対して桃次郎は、「おめえは国が欲しいんだよ。欲しけりゃ、自分で勝手にどこへでも作りゃいいじゃねえか。その気になりゃ、石ころだって国になるんだよ」と切り返す。二人のやりとりは、帰るべき故郷を完全に失った者どうしが交わし合う〈故郷論〉として、重要である。

言うまでもないことだが、『トラック野郎』は、いわゆる大衆向けの娯楽映画である。難しいことを考えながら見る必要はない。笑って泣いて、スカッとすればいいのである。

実際、昔も今も、このシリーズのファンは、きっと楽しんで見ているはずだ。しかし、私は、この作品が大衆向けの娯楽映画であったこと、そして、この物語のベースにあるものが〈故郷喪失〉であったことを、重く受け止める。それは、おそらくこの映画が公開された一九七〇年代という時代にも、深く関係しているだろうと思っている。

公開当時、『トラック野郎』が大ヒットしたのは、さまざまな要因があるだろうが、その一つとして、ハイマートロス＝故郷喪失という根底にある主題が、多くの大衆の共感を得たからではないだろうか。戦後の高度成長期に、地方から集団就職で上京した者たち、全国に及んだ乱開発の果てに故郷を追われた者たち。いや、そういった経験を持たなくても、東京や都会周辺に生まれ育ち、慣れ親しんだ景色が変貌していく様を見せつけられた者たちであっても、故郷喪失の悲しみに対する共感は、一九七〇年代の日本には、まだ根強くあったはずである（そこには貧しさへの共感も綯い交ぜになっているだろう）。詳しく調べたわけではないので、あくまで印象として述べるにとどめるが、当時の日本映画やテレビドラマ、歌謡曲（特に演歌）は、故郷への〈望郷の念〉によって、私たち大衆の心を惹きつけてきたのではないだろうか。共感というのは、あくまで幻想に過ぎない。しかし、幻想であるからこそ、共感できるものに、人々は飛びつくのである。

ところで、私たちは、故郷(ふるさと)という概念が、国家の近代化・国土の都市化に伴って失われてゆくものだと思いがちだが、そうではない。むしろ、故郷は、近代化の過程で作り出されたものだと言える。例えば、石川啄木の〈ふるさと〉は、岩手から上京したからこそ発見できたのであろうし、そのまま郷里にいたら、あれほど故郷を歌に残したか分からない(ちなみに、『トラック野郎』では、啄木の短歌が何度か使用されている)。そして、〈ふるさとへの思い〉というものには、常に注意をはらわないといけない。それは、国家が、戦争か何か緊急時に権力を発動するとき、私たちの故郷・郷土への愛情というものを、情緒的に利用するからである。

東京電力福島第一原子力発電所の事故によって、放射能に汚染された福島県の中では、全町あるいは全村が避難し、帰ることができなくなる地域を生んだ。このことに、私は心を痛め、誰に向かってか本気で怒りもした。その一方で、ふるさとに帰りたい、故郷を取り戻したいという住民の切実な思いが、国家権力に悪用されなければよいのだが、という危惧も抱いていた。結果は、案じていた通りになってしまっているように思われる。地元に残る人、帰らない人、帰還をめざす人、あきらめる人……といった住民どうしの分断・分裂は痛ましい限りだが、それにも増して、ふるさとを取り戻すという純粋な気持ちが、いつの間にか政治的なスローガンにとって代わってもてはやされ、それに呼応したのかどうなのか、粗悪な愛国主義が跋扈する事態は、深刻さを通り越して、危機的状況にある。もっとも、これは故郷を追われた人たちのせいではない。いつだって権力者のほうが賢しらなのである。だからこそ、常に気をつけてかからなければならないのだ。

以上のように、ハイマートロス＝故郷喪失という情緒的な共感幻想には、多分に危険な側面がある。では、『トラック野郎』の桃次郎はどうか。彼には帰るべき場所がない。トラックでの長旅を終えて、決まって駆け込むのはトルコ風呂（当時）である。そのトルコ風呂の名前が「ふるさと」というのは、実にふるっている。しかし、そこも終の住み処にはならない（当たり前だが）。なぜなら、桃次郎の夢は「処女と結婚すること」だからだ。定宿代わりにしているとはいえ、「ふるさと」はやはり、いつまでも仮の宿なのである。つまり、彼にとっては、ヒロインとの恋を成就させることこそが本当の帰郷なのであり、遂にそれは叶わない。『度胸一番星』で、乙羽水名子（片平なぎさ）と結ばれそうになるのだが、彼女は不慮の事故で命を落としてしまう。帰ることのできる家を後にして旅を続ける『男はつらいよ』の寅次郎と違って、桃次郎は、永遠の故郷喪失者なのである。

トラック野郎？　そんなものはフィクションじゃないか、ただの娯楽映画じゃないか。その通りである。だが、「その気になりゃ、石ころだって国になる」という桃次郎の言葉から、単なる共感幻想を超えて、ハイマート＝故郷というものを、捉え直すことができないものだろうか。私は真剣にそう考えている。

（「洪水」二〇一五年一月号）

＊ハイマートロス（Heimatlos）というドイツ語については、依岡隆児氏の論文「日本の近代とハイマート（郷土／故郷）概念」から多大な示唆をいただきました。ここに謝意を記します。

明日はわが身の一番星

故郷喪失者の挽歌――。映画『トラック野郎』全十作を監督した鈴木則文は、シリーズ全体に流れるテーマについて、こう定義づけている。脚本と助監督で参加した澤井信一郎も、「(鈴木は)主人公の菅原文太さんを故郷喪失者にしたい。生まれ育った下北の村は、ダムのために水没して帰るところがない。主人公にそんな哀感がほしい、という思いだったようです」と証言している。制作者たちのこうした言葉を聞くまでもなく、実際に作品を見れば、『トラック野郎』の主題が〈故郷喪失〉であることは、手に取るように理解することができる。

しかし私は、鈴木のいう〈故郷喪失者の挽歌〉、特に〈挽歌〉の意味するところが、分かるようで分かっていない。挽歌というのは、人の死を悼み悲しむ歌のことである。ならば、故郷喪失者は死者だとでもいうのだろうか。それとも、故郷を失った者が、今はなき故郷に対して詠う挽歌のことなのだろうか。はたして、鈴木はこの言葉で何が言いたかったのか。そして、この主題をどう描いたのか。そのことを考えながら、私はあらためて『トラック野郎』を見直した。

「ハイマートロス一番星」で私は、『トラック野郎』における故郷喪失者を、星桃次郎（菅原文太）に絞って書いた。というより、正直、あの段階での私の理解はその程度だったし、第五作『度胸一番星』での桃次郎と譲次（千葉真一）という故郷喪失者同士の会話から何らかの糸口を探るくらいのことしかできなかった。だが、よくよく作品を見てみると、故郷を喪失したのは、桃次郎一人ではないのである。

まず、第一作『御意見無用』（一九七五年）における、桃次郎の愛車「一番星号」の運転席に捨てられていた由美という少女である。不憫に思った〈やもめのジョナサン〉こと松下金造（愛川欽也）は、子沢山の貧しい生活を顧みず、一間しかない狭い借家に連れて帰る。ある日、桃次郎をまじえてジョナサンの一家が青森のねぶた祭の中継をテレビで見ていると、ふと由美が立ち上がって囃子に合わせて踊り始め、「父ちゃん、父ちゃん」と泣き出す。それを見たジョナサンが「この子、青森の子だ！」と言うと、桃次郎も「この子を捨てた親父、見つかるかもしれねえぞ」と返し、すぐに二人は由美を連れて青森に向かう。すると、そこで偶然にも由美の親戚を名乗る男に出会い、由美の父親がトンネル工事の発破に吹き飛ばされて死んでしまったこと、由美を「一番星号」に置いたのが父親と同じ運転手仲間であることを聞かされる。桃次郎の故郷がダムによって水没したことが明らかにされるのは第三作『望郷一番星』（一九七六年）であるのだが、すでに第一作から、由美という故郷喪失者が登場していたのである。

また、第二作『爆走一番星』（一九七五年）では、ジョナサン夫婦が貧乏生活の中でようやく叶った新婚旅行（桃次郎も同行）の行き先である長崎で、彼らはみすぼらしい姿の幼い姉弟、薫と雄一に出会う。母親と死に別れ、出稼ぎに行った父親の帰りを待つという二人を哀れに思い、桃次郎とジョナサンは、ことあるごとに長崎に行き、二人を遊びに連れていってやる。ときは大晦日、「一番星号」がある街道を走っていると、中年の当たり屋（織本順吉）に遭遇する。それが、薫と雄一の父親であることを知った桃次郎は、彼を助手席に乗せ、父親の帰りを待つ二人のもとへ送り、親子一緒に年越しをさせてやろうと、「一番星号」を爆走させる。なんとか、その年の内に姉弟の暮らす町に着いた「一番星号」が、雪の降る中、除夜の鐘だけが聞こえる〈長崎市浜の町通り商店会〉というアーチが架かった夜の商店街を走る場面は、静謐な美しさを湛えて感動的である。この、薫と雄一という幼い姉弟もまた、私は故郷喪失者の一ヴァリエーション（変奏）として見る。故郷を喪失するということが、単なる生まれ育った土地を失うということにとどまらず、親子、家族、コミュニティといったつながりを否応もなく引き裂き得るほどの悲劇であることを知ってしまった現在の私たちにとって、理由はどうあれ、親と子がはなればなれに暮らさなければいけない状況と、故郷を喪失することとを同質なものとして見なすことに、それほど抵抗を覚えないのではないかと思うのだが、どうだろうか。

このように、桃次郎は、広い意味での故郷喪失者に対して、特別の思いを寄せる。それは、言うまでもなく、彼自身が故郷喪失者であるからなのだ。故郷を失った結果、家族が離反してしまった悲しみを身を以て知る者だからこそ、他の者には、できるだけ同じ思いを味わってほしくないという気持ちが、人一倍強くなるのである（ジョナサンもまた、故郷喪失者に対して、彼なりに心を寄せるのであるが、その理由については、後で書く）。

ところで、桃次郎が思いを寄せるのは、故郷喪失者や似たような境遇にある者だけではない。第三作『望郷一番星』で、運転手仲間の宮城縣《みやぎけん》（吉川団十郎）がトラックごと崖から落下して死んでしまう。彼は都はるみの大ファンで、崖から落ちるときも、『アンコ椿は恋の花』の歌が流れている。桃次郎は、都はるみ（本人出演）に「宮城縣はあんたの歌が死ぬほど好きだったんだ。盛大な盆踊りで、宮城縣を送ってやりたいんだ。だから、歌ってくれないか」と直談判し、その思いに打たれた都はるみは、リサイタルをキャンセルして、デコトラのネオンに照らされた櫓の上で『トラック音頭』を歌う。その音頭に合わせて、桃次郎、ジョナサンをはじめとしたトラッカー達が輪になって踊り、宮城縣を明るく送ってやるのだった。

桃次郎が死者をねんごろに弔う場面は、第九作『熱風5000キロ』（一九七九年）でも反復される。この作品のメインゲストであるノサップ（地井武男）と夏（小野みゆき）は、北海道・勇払《ゆうふつ》の開拓村で一緒に育った幼なじみであり、その村が大企業の進出で多くの住民が追い出されることになる。その手先になったのが、いま二人が働く材木の運送会社の社長（金田龍之介）であり、故郷を喪失した者が、いつの間にか加害者に雇われてしまうという、どこかで聞いたことのあるような構造を中心に、物語は展開する。だが、ここで注目するのは、サブストーリーの主人公・安曇野（工藤堅太郎）というトラッカーの存在である。彼は、妻に逃げられた後、幼い娘を男手一人で育てながら、材木の運送会社で運転手をしている。その安曇野が、不慮の事故で死んでしまう。すると桃次郎は、御嶽山の麓にトラッカー達を招集し、地元民が木曾節を歌う中、焚き火を囲んで彼を弔う。厳粛な面持ちで焚き火の炎を見つめていた桃次郎は、ふとその場を立ち去り、他のトラッカーたちも彼に従って、焚き火の前からいなくなる。その後、画面が炎のアップから暗闇に並ぶトラックに切り替わる瞬間、「わたしのー、ラバさーん、酋長のむすめー」と歌う声が流れ出す。そして、デコトラのネオンやヘッドライトが次々に点灯し、化粧をして歌いながら裸で踊る桃次郎を照らし出す。それを合図に、トラックの間から似たような格好をした仲間たちが現れ、一緒に歌い、踊る。この場面に、私はぞっとするような感動を覚えた。なぜなら、桃次郎たちが『酋長の娘』という歌を歌いながら裸踊りを踊ったのは、それが安曇野の得意とする宴会芸であったからであり（映画の中盤、材木会社の宴会の場で安曇野がその芸を披露して、同僚達に喝采を浴びる場面がある）、こうして死者を自らのうちに呼び込むことで死者を生き返らせることこそが、死者を弔うことになるからに他ならない。

では、桃次郎はなぜ、トラック野郎の死を人一倍悲しみ、温かく送ってやろうとするのか。それは、死んだ者が、二度と故郷に帰ることのできない、真の故郷喪失者であることを、誰よりも知っているからだ。故郷を失った悲しみを抱き続けて生きる者は、無念の事故で故郷に帰ることのできなくなった者を、まるで自分が二度死んだかのように、手厚く弔うのである。故郷を喪失した桃次郎は、その〈死〉を知っているのである。

ここで、一つ重要なエピソードを記しておかなければならない。『トラック野郎』の製作が決まったとき、鈴木則文と澤井信一郎は、シナリオハンティングのために、本物のトラック運転手である播磨良治という人物の車に乗せてもらい、埼玉から青森まで同行する。その後、東京に戻った鈴木と澤井がシナリオを書き始めて十日ほど経った頃、その播磨が運転中のスリップ事故で死んだ、という知らせが入る。取材中、『トラック野郎』の完成を楽しみにしていた播磨の死に、鈴木は大きなショックを受ける。「一番星号」の〈雪の下北〉〈はぐれ鳥〉という行灯は、播磨のトラックに掲げられていたものであり、この行灯だけは最終作まで変えなかったという。

鈴木則文が、『トラック野郎』を〈故郷喪失者の挽歌〉と定義づけた背景には、播磨良治という、事故死によって永遠に故郷に帰ることのできなくなったトラック運転手の存在がある。鈴木が、桃次郎を故郷喪失者にして、死んだ仲間を温かく弔う人物として作り上げたのは、播磨に対する鎮魂の思いがあったからだ、と私は思う。誤解を恐れずに言うと、死者が故郷喪失者であるように、故郷喪失者もまた死者なのである。この表現が極端過ぎるならば、故郷喪失者は自らの死を心に抱いて生き続けていく、と言い換えてもよい。だから、鈴木の〈故郷喪失者の挽歌〉というのは、〈故郷喪失者が故郷喪失者のために詠う挽歌〉なのだ、と私は考える。

二〇一一年三月十一日の東日本大震災に連なる、東京電力福島第一原子力発電所の爆発は、福島県双葉郡をはじめとして、多くの「原発事故避難者」を生んだ。その人たちは、当時から「原発事故で死んだ人はいない」と言われ、四年以上が経って「どうせ賠償金をもらってるんでしょ」などと、直接間接に無神経な言葉を投げつけられている。そういった発言をする者は、原発事故で故郷に帰られなくなった人たちに対して、どこか恐れを抱いているように、私には見える。自分には関係ない、同じ立場になることはない、とその存在を認めたくないかのようだ。こうした態度は、死に対する人間の振る舞いに似ている。人間にとって、死は不可避である。しかし、人は自分の死を知ることができない。死は、絶対的な他者として、生とともにある。原発事故避難者に無理解な者は、故郷喪失者を死者＝絶対的な他者として畏怖し、目を背ける。殊に、故郷を追い出され、避難先での病死や自死によって永遠の故郷喪失者になった人たちがいる現実を見ようとしない。だが、死がそうであるように、故郷を喪失するということは、いつ誰にでも起こりうる。『トラック野郎』において、辛く悲しい状況が故郷喪失と同質であったように、親から相応の愛情を受けない、過酷な労働を強いられる、社会的に認められない、そういったこと等々も、広い意味で故郷を喪失している、と言えるのではないだろうか。

ところで、先のジョナサンのことである。彼は以前、重量超過のトラックを容赦なく取り締まる元警察官であり、「花巻の鬼台貫」と呼ばれてトラッカーに恐れられていた。『御意見無用』で、由美の父親がトラック運転手から身を持ち崩し、危険な工事現場で働かざるを得なくなったのは、実は警察官時代のジョナサンの厳しい取り締まりが原因であり、由美を故郷喪失者にしてしまったのは、過去の自分だったのである。彼は、重量を超過してでも荷物を運んで生活していかなければならないトラック運転手の境遇を、自身がその立場になって初めて思い知り、職務に忠実だとはいえ、昔の自分と同じ警察官が今の自分たちトラッカーを苦しめていることに気がつく。自分が貧しいにも関わらず、生活苦で困っている仲間を助けようとして自ら苦境に陥ってしまうのは、仲間の苦しみを自分のこととして受け止めているからだ。〈明日はわが身〉ということを、ジョナサンは身を以て知っているのだ。

さて、鈴木則文はこうも言っている。「死んだ播磨の仲間のトラック野郎の喝采を浴びて登場する一大娯楽映画はやはり応援歌でなければならない！」。そう、〈故郷喪失者の挽歌〉は、〈故郷喪失者の応援歌〉でもあるのだ。『トラック野郎』の初公開は一九七五年。今から四十年前の映画が、私たちの現在の在り方を問い続ける。

（「洪水」二〇一五年七月号）

II

小高の島尾敏雄

本当なら、何年も前に到来していてもよかったはずの〈とき〉が、最もふさわしいタイミングを狙っていたかのように、不意にその姿をあらわすことがある。

私は、大学の卒業論文に島尾敏雄のことを書いた。そのとき、島尾に関するものは、全集をはじめ、たいてい読んだつもりである。その後も、古書店などで未読の本を買い求めては、折々に読んで、島尾への思いを、あたため、つないできた。

そうした歳月の中で、あるとき『続 日の移ろい』という本を手に入れることができた。書名が示す通り、正編『日の移ろい』の続編である。「奄美大島での日記を下敷にした心の日々の移ろいの記録」と、後記にあるように、小説とも随筆とも言えない、ましてや日記文学とも異なる「かたちの定かでない作品」（続編後記）である。

この本を読み始めたのは、私がちょうど婚約中のときのことで、大学を卒業して、十年以上が過ぎていた。『日の移ろい』は、正編と続編とで、あじわいが違う。正編では、奄美大島での生活しか記されていないのだが、続編では、島尾が福島県の小高《おだか》という町に滞在したときのことが書かれている。

私は、この続編を読んで、初めて島尾の本籍が、小高にあることを知った。いや、知った、のではなく、認識した、と言っていいのかもしれない。島尾が生まれたのは横浜で、両親が小高の出身であることは、どこかで読んで知っていたはずなのだから。

島尾作品の愛読者を自認しながら、うかつにも、彼の経歴にそれほど関心を抱いてこなかった私が、どうして、このときばかりは強く意識することになったのか。それは、私の妻が、福島県の浪江町《なみえまち》の生まれだったからである。島尾の本籍が小高であること、昭和四十八年に父親の墓を建てるために彼が小高に滞在し、さらに奄美から福島に移住する計画があったことを、私は妻に告げた。すると、小高は浪江の隣町で、祖母の生まれ育った町であることを、彼女から教えられた（当時の私は、まだそんなことも知らなかった）。

この奇遇に驚き、心惹かれたのは、むしろ妻の方だったかもしれない。彼女は、いろいろと調べ始め、小高の浮舟文化会館という建物の中に、同郷の埴谷雄高の資料も一緒に展示されている埴谷島尾記念文学資料館があるということ、さらにその近くに島尾家の墓があって、そこに敏雄も眠っていることを確かめたのである。私はもちろん、妻も、彼女の祖母も、まったく知らなかったことだった。

その年のゴールデンウイーク、私と妻は、祖母の運転する車に乗って、小高の資料館、そして島尾の墓を訪ねた。文化会館の一隅にある資料館は、こじんまりとしてほの暗く、ひとけがなかったが、そのさびしい感じが、いかにも島尾敏雄に似つかわしいように思われた。墓は、ラブホテルの敷地を抜けた山の麓にあって、墓石の左右両側には、シーサーが二つ据えられていた。

もし、『続 日の移ろい』を、妻と知り合う何年も前に読んでいたら、島尾と小高との浅からぬ縁に、それほど関心を寄せることもなく、忘れてしまっていたかもしれない。その〈とき〉は、私と妻が出会うのを、ひたすら待っていてくれたのである。

小高は、東京電力福島第一原発の二十キロ圏内で、警戒区域となり、今は入ることができない。あのときのことは、恩寵だったのだろうか。

（「日月」二〇一二年四月号）

島尾敏雄の小高（一）

『死の棘』『魚雷艇学生』等で知られる小説家、島尾敏雄（大正六年―昭和六十一年）の本籍は、福島県相馬郡小高町《おだかまち》（現・福島県南相馬市小高区）にある。そのことを私が認識したのは、小高に近い浪江町《なみえまち》出身の女性と知り合い、結婚したのがきっかけである。卒業論文のテーマにするほど愛読していた大学時代から、迂闊にも十年以上が経っていた。その後、島尾敏雄が、東北、福島を、相馬、小高を、どう思っていたのかということに感興をそそられるようになって、折に触れては資料を渉猟し、いつかそのことについて何か書くつもりできた。そう思い始めてからですら、もう十年以上が過ぎている。

それにしても、長い間、私の中の島尾敏雄から福島が抜け落ちてしまっていたのは、どういうことなのか。魚雷艇に一人乗りする特攻兵の指揮官として出撃を待ち、そのさなか、後に妻となるミホと出会う奄美群島、加計呂麻島。出生地の横浜。少年から青年期を過ごし、小説の舞台にもなった神戸、長崎。ヤポネシアや琉球弧といった日本論における南島、沖縄。これらの土地の強いイメージが、私の目の前から福島を隠してしまっていたのだろうか。いや、そんなことはない。福島に限らず、おそらく私は、島尾敏雄の小説や文章に書かれたどんな土地にも関心がなかったのにちがいない、と今にして思う。

さて、東北、福島ということに着目して、いざ調べてみると、父母の郷里で、幼少のときより大学の頃までの夏休みのほとんどを過ごした小高に対して、島尾敏雄は古里、いなか、故郷などといった言葉で呼び、並々ならぬ愛着を抱いていたことが分かる。そのことは、島尾自身、幾つかの随筆に書いているし、評論家や研究者らによって明らかにされている。私が愕然たる思いにとらわれたのは、あの『死の棘』に、家族で小高に行く場面が描かれており、卒論を書くために何度も読んだにも関わらず、全く記憶に残っていなかったことである。私は、島尾敏雄にとっての故郷である福島県双葉郡小高町に焦点を絞って、改めて『死の棘』を読み直すことにした。

語り手である私（トシオ）の日記帳を読み、彼の浮気を知った妻（ミホ）が怒りの発作に襲われるところから、『死の棘』は始まる。その日から、妻による夫への容赦ない尋問が繰り返し行われるようになり、トシオとミホを自殺未遂にまで追い込み、幼い息子と娘を抱えた一家は暗い谷底に落ちていく。その後、トシオはミホの治療を決意し、妻の看病のため自らも精神病院に入院するところで小説は終わる。ミホの状態の悪化に伴って家族は江戸川区小岩から印旛沼に近い千葉の佐倉、池袋などを転々とするが、その最初の移動が福島の相馬である。

相馬に行こう！　と私はふと思った。どうしてもっと早く気がつかなかったろう。そこは父母の郷里で、こどものころ私はたいていの夏休みをそのいなかで過ごしたから、おじやおばやいとこたちともなじんでいる。どこか農家のはなれの静かな部屋を借りて妻のきもちがおさまるまでそこでくらそう。妻やこどもにいなかを見せて置くいい機会かもしれない。そちらのほうで、もし幸いに学校などの勤め口でもあれば当分はいなかぐらしをしても悪くないかもしれない。いつもは忘れている東北のいなかの古くて変わりのない土くさいにおいのようなものが私のこころを包んだ。

（第四章「日は日に」）

発作による妻の執拗な詰問に追いつめられ、苦境に陥ったトシオは、相馬の小高に逃げ場を求め、生活を建て直すことを思い立つ。彼のこの考えは妻や子どもにとって、或いは読者にとって唐突に思われるかもしれない。しかし、それ以前より、トシオの気持ちは、徐々に東北にかたむいている。例えば、元日に家族で小岩から成田に初詣に行く場面がある。

千葉で、発車のベルがなっているぎりぎりの汽車にようやく乗りこめた。車内は乗客でいっぱいであった。男も女も晴れ着を着ていたが、少しずつ着くずれていて、誰もが屠蘇に酔っているように見えた。ぶこつな骨太のからだつきの青年が多く、陽にやけた頬を赤く上気させ、どことなくのんきに見えた。東京を少しはずれると、東北までつづいている無口な肌のにおいがあって、それらは私の郷愁をあおった。（同）

また、翌二日に知人のWさんの家に泊めてもらった次の日の朝、Wさんの散歩にトシオがついて行く場面。

そのあたりは同じ東京のはずれでも小岩界隈《かいわい》の低地帯とちがって、小さな丘や谷の錯綜《さくそう》した平原であった。（中略）あたりの風景は、地方自治団体とか予算とかのかたいなじめない文字が目にちらつく土木工事計画の結果新しく敷設された舗装道路などを目に入れなければ、昔のままの村里のかたちがあるようで、きのう成田に行く汽車のなかから見た里のかたちと似通っている。それは私の幼いときにこころのなかにきざみつけられた、変わることのない、東北のほうの国のすがたのようなものがあって、そこに住む人々には強い意志を持った生活と、姿勢のくずれることのない安定があった。（同）

トシオはここの土地の姿かたちからも東北を連想し、自分の〈いなか〉である小高への想いを募らせているといっていい。こうした精神的な過程を経て、彼は相馬行きを一人決めするのであるが、さらに見逃せないのは、それぞれの引用文につづく、次の二つの文である。

私は都会で生まれたが、両親から東北の血を受けつぎ、妻は南もずっとはずれのほう、むしろ沖縄に近いひとつの島を古里として持っている。ふたりが今立っている危機に、そのこととかかわりあう部分があるのだろうか。

しかしそれはもう私の与《あずか》ることのできないところにはなれてしまった。私は今、南の島の風物を古里にしている妻の神経をいためてしまって、自分のからだが参加している部分を考えることができないところに落ちこんでいてはい上がれない。

『死の棘』は小説であり、実際の島尾敏雄とミホが作中のトシオとミホと完全に同じではなく、一方でトシオが小高を故郷と見なし、ミホが奄美大島出身なのは、現実の二人と一致すると言っていいのであるが、両者をイコールで繋げて同一人物として読んでしまうことには注意深くありたい。だからといって、単にモデルとしてしまうのは、作品の理解から遠ざかってしまう。ここは、「島尾敏雄の小説の登場人物でもある語り手あるいは記述者たちは、作者との同一性によってではなく、等身大性によって結びつけられている」という金井美恵子に倣って、両者を〈等身大〉であるとしたい。その上で「島尾敏雄という作者を、島尾敏雄の小説に結びつけること」（金井）が大切なのである。作者としての島尾敏雄は、トシオとミホの関係の危機を、北―相馬と、南―奄美という二つの故郷の差異から捉え直し、東北を故郷と定めるトシオが南島を古里とするミホの神経を傷めたという批評的な視点を導入している。これは、東北と南島という〈二つの根っこのあいだで〉それぞれを理解しようということであり、この視点は、ヤポネシアや琉球弧といった思想に通じるだろう。

第四章「日は日に」の後半、家族は上野から常磐線に乗って小高に行き、第五章「流棄」の全編で小高での出来事が描かれる。上野駅に着いたときから、父母に連れられていった幼い頃の記憶が甦り、トシオは常磐線の車中で郷愁に浸ろうとするが、ミホの発作による尋問が彼の気分をことごとく壊してしまう。そして、四人が小高駅に降り立つところで「日は日に」は終わるのだが、次章「流棄」では冒頭からトシオとミホが死に場所を求めて小高の町をさまようという、暗澹たる描写が続く。それでも、トシオはしばし故郷の懐かしさに酔う。

鉄路をたどると視野の左はしのほうに、跨線橋《こせんきょう》をなかにした停車場の建て物が見え、そこを起点として一筋町の家々が瓦をつらねていた。町の向こうがわに流れている大川は見えなかったが、県社のある城跡の小山がかすんで見えた。それはこどものころからなん度も見てきた景色だ。しまい忘れていたオルゴールがいきなり出てきたぐあいに、年月を経てまたやって来てそれを目の下に見る度に、やさしい旋律に包まれ、うそのように展開されてそこにある景色にこころをうばわれることをくりかえしてきた。遠くはなれてどこに住んでもそれは私のこころのなかで動かすことのできないひとつの舞台場面となり、必要とするときにそれは必ずあらわれてくる。

（第五章「流棄」）

これはまさに島尾敏雄その人の故郷観であり、小高への強い愛情を示す一節であると言えるのではないか。だが、こうした想いとは裏腹に、故郷の地はそっけなく、二人をあたたかく迎えない。そして、世話になっている親戚にも「みんなどことなく蘽しべのにおいがして、よそから妻を連れてきた私に反撥しているよう」で受け入れられていないふうだ。それでもトシオは小高で暮らすことを計画し、学校の教師の口を探そうとするのだが、ミホは賛成せず、かたくなに気持ちを閉ざす。結局、小岩にいたときのようにミホの発作は治まらず、夜中にひとり出て行ってしまう。彼女を探す間にも、トシオは懐かしい風景に「涙が湧き出てきて」、自転車のペダルを踏めば、夏休みで遊びに来ていたときの自分が重なって「涙がにじむ」のだが、狂気に取り憑かれた現在の生活が、故郷を荒涼たる景色に変えてしまう。その後、家族は予定通り上り列車に乗って東京に帰ってくるのであるが、第五章「流棄」は、トシオ或いは島尾敏雄自身が、故郷小高に拒絶されたような寒々とした印象を残す。

　では、なぜ島尾敏雄は、トシオを冷たく拒む土地として小高を描いたのだろうか。私は、島尾敏雄はあえてこのように書き記すことによって、小高を〈故郷〉と定めたのではないか、と考える。これは、坂口安吾の「文学のふるさと」を思わせる。安吾はシャルル・ペローの童話『赤頭巾』の、赤頭巾と呼ばれる可愛い少女が、いつものように森のお婆さんを訪ねると、狼がお婆さんに化けていて、ムシャムシャ赤頭巾を食べてしまったという話を取り上げて、こう言う。

私達はいきなりそこで突き放されて、何か約束が違ったような感じで戸惑いしながら、然し、思わず目を打たれて、プツンとちょん切られた空しい余白に、非常に静かな、しかも透明な、ひとつの切ない「ふるさと」を見ないでしょうか。(「文学のふるさと」)

この「ふるさと」は、柄谷行人が指摘するように普通の意味での「ふるさと」ではない。「それは、われわれをあたたかく包み込む同一性ではなく、われわれを突き放す『他なるもの』である」(柄谷行人「死語をめぐって」)。私は、実際の小高と安吾の「ふるさと」とを混同しているわけではない。ここで心に留めておきたいのは、『死の棘』が、妻の退院後、東北から遠く離れた、ミホの故郷である南の島で書かれた、という事実である。妻のために否応なく南島に移住しなければならなくなり、その生活の中で文学を続けるために、島尾敏雄は小高を「文学のふるさと」として、〈故郷〉に突き放されることを覚悟し、その上で、遠い南島から〈故郷〉に接近しようとしたのではないだろうか。

（「洪水」二〇一六年七月号）

島尾敏雄の小高　（二）

島尾敏雄の『日の移ろい』『続 日の移ろい』は日記文学の形式を借りた小説である。『日の移ろい』は昭和四十七年四月一日から同四十八年三月三十一日迄、『続 日の移ろい』は、昭和四十八年四月一日から同年十一月一日迄、とある。この間、作品中の私は鹿児島県奄美の名瀬に妻と暮らしており、多くはそこでの生活の出来事や、著者が『日の移ろい』の「あとがき」で、主人公は鬱自身でもあったろうかと書くように、私の気鬱の移ろいが描かれる。その中で島尾敏雄は、折々に相馬や小高にまつわる出来事をぬかりなく書き込んでいる。相馬の親戚が死んだことを知らせる電報が届いたことや、「小高史雑記」というパンフレットの第一号を読み、その中の戊辰戦争余話から母方の祖母から聞いた昔話を思い起こし、また相馬の豊田君仙子という俳人が死んだというしらせを受け、君仙子先生の死は私には相馬のいなかの終焉を意味するような気になった、ということを書く。そうした中で、父の遺志で相馬に墓を造らなければならないという思いや、学習研究社から依頼された宮沢賢治についての紀行文を書くために予定している夏の東北旅行をどうするかといったことが作中の私の気掛かりとして『日の移ろい』の底を流れる。そして『続 日の移ろい』では、宮沢賢治の東北紀行のついでに相馬に寄って、父の墓造りの準備をするということが具体的に実行される。

八月一日、東北紀行に向けて奄美を出発し、宮沢賢治かかわりの土地の探索があらまし終わった八月九日、盛岡駅発の上野行き急行に乗り、仙台駅で常磐線に乗り換え、小高駅に着く。ここで島尾敏雄は、作中の私がこの五年ほど前にも、北海道に出かけた戻りに小高に立ち寄り、それが十四年ぶりの相馬行で、奄美に渡ってから二度目の訪問であることを記す。北海道の帰途に立ち寄った際は、昔のいなかの姿は求むべくもない変わりようであった、と五年前の失望をあらためて認識する。しかしそのときの驚きをもう繰り返さなくてもすみそうだったのは、それでもなお変貌の底には未だいなかの気配が残っていたことも確かであったからだ、と逆向きのことをも同時に書き留めるのではあるが、作中の私の心はゆっくりと失望感に侵されていく。その失望感は小高に来る前、つまり奄美を出発して鹿児島、岡山を経由して八月四日、学習研究社の車で東京から国道四号線を北上するくだりにおいて周到に記述される。東北へ行く時のイメージとして、汽車に乗っての上野駅からの出発が起点であり、座席を確保するために長いプラットフォームを夢中で駈け抜けることから始まるのでなければ東北旅行ではないような感受から抜けられないでいた作中の私は、自動車だけで東北に行くことができるなどとは考えもしなかったし、第一そんなに長い舗装道路が国内にあることが想像できなかったのである。とはいえこうした異和は、幼少の頃の甘い郷愁に満ちた個人的な追憶が見事に裏切られたということにとどまらない。恐ろしい自動車の氾濫、その自動車を運転する人たちが示す奇妙な奢りと外への無関心の態度、ドライブ・インなどと呼ばれるおかしな建物に蝟集する自動車の利用者たちがドアを締める音を高々とあたりにひびかせる時の威嚇的な格好、道路に入り込めば或る不自由さにとらわれてしまうことが否定できず、その鬱屈がドライブ・インの食堂でのお互いを認め合おうとしないことにあらわれているといった光景に、作中の私はひどく打ちのめされる。そして、国道四号線での感受は、日本国中が騒々しいベルトでがんじがらめに縛られてしまったような痛みであったという感慨に行き着く。いなかとの行き来の途絶えた十四、五年のあいだに日本は国中到る処の町も村もがらりと様相を変えてしまっていたのであり、私にとってだけでなく、いなかという存在が今の日本のどこにも無くなってしまったようであったと、いつの間にか、いなかというものを完全に喪失してしまっていたことを明確に認識する。これは、島尾敏雄或いは作中の私という個人だけでなく、日本国中、誰にとっても、もはやいなかというものはどこにも残っていないのだ、という慨嘆なのである。

いなかに戻って、愛惜の情がまざり合った昔の風景や感触を甦らせながら、今の外界から受ける刺戟にそれを逆撫でされる状態の中にあっても、作中の私は例えば、おキクさんという親戚の家を訪ねた際、つとガラス戸を開け、敷居をまたぎはいった所で彼女の姿を見たとたんに、思わずそこに昔ながらの過去が現前しているのを感受する。再現されているのではなく、現前しているのである。親戚に墓造りの相談を一通り終えた日、小高から二駅ばかり北に寄った原町市に住むちよちゃんという従姉の家に泊まる。他の親戚も集まり、話はいきおい、ばっぱさんと呼びならわしていた母方の祖母を中心にした回想に傾く。それは過去を惜しむというだけでもなく、むしろ過去に遡行し過去に甦った思いの、時の停まりにまぎれこんだおかしな宵であった。回想とはいえ、現在の私が過去を眼前に呼び戻したのではなく、私のほうから過去に遡行し、過去に甦った思いの中にまぎれこむ。もはやそれは過去ではなく現在であり、過去のあれこれが現前している、ということなのである。

二度目の相馬行は妻を伴って十月十日に名瀬を出発、東京で息子の伸三と合流し、十四日に原町に着く。先の東北旅行から帰った私は、原町のちよちゃんから、その原町かいわきあたりに土地を買って家を建てないかという誘いを受け、墓造りだけでなく、移住の計画もが私の念頭にはある。そういったことはさておき、ここで読みたいのは、ちよちゃんの母であるお仁《ジン》伯母と何十年ぶりかの再会から、既に亡くなった伯父の幾多郎にまつわる過去のできごとに及ぶ島尾敏雄の文である。幾多郎伯父一家はもともと小高町よりずっと奥に入った阿武隈山脈寄りの金房村に住み、幼い頃の私には田舎に帰る度に一週間ほどその伯父の家に泊まりに行く習わしができていた。いつの頃であったか、金房村に泊まっていよいよ小高に帰るという日の朝に大雪が降り、伯父は牛に車を引かせそれに私を乗せて出発する。途中、どうしたはずみか車の轅《ながえ》が頸木からはずれて雪の上に落ちた。牛を引いていた伯父はそれと気づかずにそのまま黙々と歩いて行ってしまう。私は咄嗟に伯父を呼ぶ声が出ず、伯父が気づいてくれるのをしばらく待つものの、置き去りにされるかも知れぬという恐怖から大声で伯父を呼ぶのだが、ささやくような哀れっぽい声が自分の耳の廻りを浮遊するだけで伯父の耳には届かない。しかし伯父は引き返してきた。叫びを聞いたからではなく、牛を引く手綱の軽さにふっと気づいて振り返ると、かなた後方の雪の中に取り残された車の上で泣きべそをかいた私の小さな顔が見えた、とあとで伯父は語っていた。元小学校教員の伯父が馴れぬながらも百姓仕事で鍛えられた頬の皺の深い顔に珍しく笑みを浮かべ、ごめん、ごめんと半ばおどけてみせながら戻ってきた時、私は凍えも忘れてからだが暖まった程にも嬉しかったのだ。その時の積雪と杉木立と凍りつくような静寂を私は忘れることができない。この出来事は、漫然と読んで作中の私のしみじみとした追憶だと簡単に受け取らないほうがいい。このちょっとした事件は、伯父にしても取り分けて印象の強い何かを感じていたらしく、その後も誰彼にとなく話して聞かせていたようであり、そのせいか伯母もちよちゃんもこの挿話を覚え知っていて、半世紀ぶりに語って笑い合ったのである。島尾敏雄は、この過去の出来事を再現して作中の人物たちを思い出にふけらせているのではない。そうではなくて、私と伯母とちよちゃんとが語り合うことによってこの話を現前させているのであり、その場面を記述することによって、二重にこの出来事を現前させているのだ。島尾敏雄がこの作品を、日記を手掛かりとしながら単なる事実の記録ではなく、実際にあった出来事やそのときの思いや考えを反映させながら小説として書いたのは、日本のどこにも無くなってしまったいなかというもの、それは誰もが共有できるようなイメージとしてのいなかではなく、島尾敏雄固有のいなかを、記述することによって現前させようとしたからではないだろうか。

さらに、東京に戻る二日前の十月十八日の夜、お仁伯母から二番目の男の子を生んだときの昔話が出たときのことである。作中の私の母は帰省中で、伯母がその子を出産する直前に、生まれて間もない私を抱いて汽車に乗って横浜に帰る予定だったという。彼女には義姉の出産結果を知らせるため、上野駅に向かって走り去る列車に懐中電灯の合図が届けられたのであった。懐旧の情を呼びさまされた私に、ふと一つの疑いが頭を擡げる。それは、なぜ母は生まれたばかりの私を伴なってまで里帰りをしていたのか、ということだ。戸籍の上で私は、大正六年四月十八日に神奈川県横浜市に出生したことになっていた。しかしお仁伯母の出産は夏の時分で、母の乳児を抱えての帰省は早過ぎるのではないか。もしかしたら母は初産の目的で郷里の母親のもとに帰っていたのではなかったろうか。母親思いであった母が、初めての出産に自分の母親のそばに帰ることのほうがごく自然だと思えてくる。ここで私は自分が活き活きしてきたことに気がつく。それは、もしその疑いが当たっていれば、私は東北の生まれになるわけだからだ。これまで私は自分の出身地を、横浜と言ってみたり或いは気負って相馬などと表明したりしてきたが、強烈に引きつけられるのは九州を越えた南島であり、一方で横浜生まれの私は横浜の指向に導かれてこの世を過ぎ行くのだろうとも思う。それがもし相馬で生まれていたとなれば、私はまぎれもなく相馬の宿命を背負い、迷いなく出身地を相馬と表明することができるのである。ということは、逆に仮の土台の上に築かれた私の生涯は音を立てて崩れ落ちたのだろうか。いやそうではなく、仮の幻影が消え、実像をしっかりつかまえ得た私は、一種の大変身を遂げ、二倍の可能性を手中にしたのではあるまいか。私には何やら笑い出したいような軽々とした自在さが湧いたのであった。これは願望でも妄想でもない。ここに至って、島尾敏雄は、過去のいなかを現前させただけではなく、作中の私が相馬の生まれであったかもしれない可能性を、記述することで現出せしめたのである。しかも、それは、故郷というものが唯一であることを意味しない。二倍の可能性、と書いているが、二倍どころではない。横浜、南島、相馬といった土地が故郷となる。原町やいわきあたりへの移住の話が意外にもあっけなく立ち消えになるのは、作中の私の鬱や南島生まれの妻のせいではない。この作品を小説として記述したことによって、書き手の島尾敏雄が故郷を現前させ、複数の故郷を手中にしたからである。もし故郷という概念に普遍性を求めるのであれば、それはまさに、故郷の複数性、ということになるのではないだろうか。

私の相馬は昔のいなかの外容に似ていて万事幼少年時の私の目に映じたままの、許容に包まれたすがたを越えてはいなかった。しかしもういわゆるいなかは日本列島からは無くなってしまった。島尾敏雄或いは作中の私にとって、相馬が昔のすがたをとどめていたとしても、いなかはもうどこにも無いのであり、自己同一化できる故郷など残っていない。しかし、故郷が自己と一体化するということが、そもそも幻想に過ぎないのではないか。私が本家の墓地へと続く道中を歩いているときに「何にも知らないで」と何ものかの耳もとでささやく声が聞こえるような気がしてならなかったのは、故郷と一体になることはおろか、自己は故郷に突き放されるしかない、ということだ。いなかは昔のままのように見えながら、絶えず変わっていくのであり、誰もが抱くようなふるさとという固定したイメージはなく、確かな実体はない。だからこそ島尾敏雄は、小説としてこの作品を記述することで、いなかを眼前に顕ち上がらせ、相馬に生まれたのかもしれないという可能性をまで引き出すことができたのである。島尾敏雄にとって、記述して現前した昔のいなかこそが、まぎれもなく島尾敏雄固有の故郷なのである。それは、他の誰かの故郷ではない。

（「洪水」二〇一七年一月号）

III

枇杷の花、石榴が二つ。

父玉城徹と母奈美枝は、一九八八年五月、東京都日野市から静岡県沼津市に居を移した。それから十一年後の一九九九年八月八日、奈美枝が死んだ。その十一年後の二〇一〇年七月十三日、徹が死んだ。十一歳若い奈美枝に先立たれた後の十一年を、徹は一人で生きたということになる。

その間、わたしは、ときに一人で、ときに妻を連れて、ときに姉や兄たちと、徹に会いに行った。ともに沼津の街を歩き、酒を飲み、話をした。

こうした歳月がはじまったときのことを、わたしはいまでもよく覚えている。

それは、奈美枝の病状が悪化して、緊急入院したときのことである。東京から日帰りで奈美枝を見舞い、夕飯はどうするのだと彼女にたずねられた際、わたしは冗談のつもりで、父と飲みに行こうかな、ということを言った。すると、奈美枝は、そうしなさい、彼もあなたと飲みたがっているから、と嬉しそうに言ったのだ。そして、わたしが病室を離れていた間に、奈美枝は、入れちがいに来た徹に、そのことを伝えたのだ。

夕方になって、徹とわたしは、奈美枝のいる病室で落ち合い、タクシーで沼津駅にほど近い「いやま」という居酒屋に入った。徹とわたしが二人きりで飲んだのは、このときがはじめてだった。それまでは、いつも奈美枝が傍らにいて、会話をなめらかなものにしてくれていた。

このとき、何を話したのか、いまではほとんど思い出すことができない。それだけ、二人とも飲みつづけ、しゃべりつづけた。たぶん、徹もわたしも、沈黙をおそれていたのだと思う。そして、そう遠くないうちに、奈美枝がいなくなってしまうであろうことを、おそれていたのだと思う。

それから何日かして、奈美枝は死んだ。

妻をわが葬るべき日を小《を》ばやしにつくつく法師鳴きいでにけり

玉城徹『枇杷の花』

その後、わたしは、何度となく徹に会いに行った。おたがい無器用で、素直ではなかったので、いつもぎこちない対話だった。それでも、文学についてはよく話した。わたしが小説を書くことがあり、編集の仕事をしていることもあるのだろう。鷗外、漱石、ゲーテ、セルバンテス等々、とつとつとではあったが、愉しい対話だった。

徹が話を切り出すときの口癖は、「いまは何を読んでるんだ?」であった。わたしが「何々を読んでる」と答えると、だいたいはそれを否定して、徹は自分が読んでいる本を差し出すのだった。わたしはなんとなく悔しくなって、沼津のマルサン書店で同じ本を買い求め、帰りの電車で読みはじめたことが何度もある。そして、次に会ったとき、その本を読んだことを伝えると、徹の興味はすでに別の本に移っているのである。ときには、わたしが読んでいて、徹が読んでいない作家の名前が出ることもあった。すると、その後に会ったときには、今度は徹がその作家の本を読み終わっていて、何かしら語ろうとするのである。徹とわたしは、たしかに父子にはちがいないだろうが、ある本を読んだか読まないかで勝ち負けを競うところは、まるで年の離れた文学友達のようでもあった。

しかし、徹とは文学の話ばかりをしていたわけではない。わたしが結婚を決め、妻を紹介しようとしたところ、徹はわざわざ三島の酒亭を予約して、わたしたちが来るのを待っていた。そして、わたしたちが着くなり、これ以上になくほほえんで、「福島だって?」と妻に話しかけた。同じ東北出身ということがよほど嬉しかったのか、その後も徹はみちのくの思い出をあれこれと語っていた。また、後のわたしたちの結婚式では、「君たちの結婚式は形式的だ」と言って、妻の弟がＤＪでかけていた音楽に合わせて、高砂で踊り出すという愉快な一面もあった。

こうして、徹とわたしは、むしろ奈美枝がいたときよりも、父子らしく歳月を重ねていった。それでも、奈美枝のことを忘れていたわけではない。毎年、命日に近い週末には、姉や兄たち、その家族も一緒に、奈美枝の遺骨を預けてあった沼津の乗運寺に集まった。何回忌だからとか、お盆だから、といって、特別に何かをしたわけではない。久しぶりに顔を合わせ、みんなで昼飯を食べるのである。

われ何を子らに告げ得むその母の願ひも遂に知らず過ぎにし

玉城徹『石榴が二つ』

この歌を読んだとき、徹は本気でこんなことを言っているのだろうか、と思わず苦笑してしまった。「母の願ひ」とは、こうして家族が集まって、にぎやかにしていること、ただそれだけだった。そして、それは、徹のひそかな願いでもあったはずである。そう思って、もう一度この歌を読み返すと、徹の困ったような顔が浮かんでくる。

（「歌壇」二〇一〇年十一月号）

あのころ

編集という仕事をするようになって、父玉城徹に、はじめて原稿を書いてもらうように頼んだのは、長歌だった。漠然と作品依頼をして、送ってきたのが短歌ではなく長歌だったわけではない。長歌を頼んだのである。

凝る雲の白のかがやき
　ほがらかに寂しきそらに
かがやきの白を置きたり
見つつわれ思ふともなし
東門　西門　南門　北門

「雲」

この長歌をのせた雑誌の二月号が出たあと、沼津に行った。狩野川の、河口近くの左の岸に、徹の住んでいたマンションはある。部屋にあがると、彼はいつもの椅子に座っていた。

対話は自然と、長歌のことになった。

「どうして、雲をうたったの」

私が聞くと、徹は空を指さした。

「ここから、雲が見えるからさ」

ガラス戸を通して、冬の日がさしこんでいる。話は、とぎれとぎれにつづいた。

吹きかよふ風のまにまに鳥のごと越えゆくは誰《た》そ
秋風の吹きのまにまに影のごと去りゆくは誰そ

「雲」を読んでいくと、この二行に会う。

私は、陳腐な質問をしようとしていた。というより、こんなことをたずねてしまったら、歌が俗に落ちてしまうようなことを、言おうとしていた。

「この、誰そは、生者だけじゃなくて、死者でもあるのかな」

徹は、おだやかにほほえむだけで、なにも答えない。ばかなことを言ってる、という表情にも見えたが、彼は彼で、別の質問を、私に用意していたのだった。

「この、東門、西門、南門、北門は、なんだか分かるかい」

私は、古代中国の都の門とか、平城京、平安京の門といったようなものを、ぼんやりと思い浮かべていたのだが、いざ聞かれると、なぜか言うのが恥ずかしいような気がして、だまっていた。

すると、徹はゆっくりと立ち上がって、テーブルに積み上がった本の、一番上にある一冊を手にとった。そして、あるページを開いて、それを私に見せた。

挙。僧門趙州、如何是趙州。

河北河南、総説不著。爛泥裏有棘。

不在河南、正在河北。州云、
東門、西門、南門、北門。

背表紙に、『碧巖録』とある。

「漢詩……」

「禅だよ」

徹と私は、うたの話を、あまりしたことがなかった。もしかしたら、このときも、長歌を前にして、他のなにかを、それがなにかは分からないけれど、語り合っていたのかもしれない。

その後、彼には、一度だけ、短歌の注文をしたことがある。原稿には、「手続き」という題がついていた。

いけにへをよろこぶ暗き獣《けだもの》にかかはらずわが歩み去るべし

あのころ、徹は、よく沼津の街を歩いていた。その姿が、思い出されるようである。

（「日月」二〇一二年七月号）

理想の世界

下香貫《しもかぬき》（静岡県沼津市）の家で、母奈美枝の通夜を終えたあと、車座になって、酒を飲んでいるときだった。

「ミメーシスって、なんだ」

父玉城徹は、そこにいる誰にともなく、問いかけた。

「模倣ですか」

答えたのは、徹の主宰していた短歌結社「うた」の会員の一人だった。

「模倣だな。模倣っていうのは、なんだ」

「アウエルバッハの『ミメーシス』という本がありますね」

また、同じ人が答えた。

「だから、そのミメーシスは、なんだっていうことだよ」

もう、答える者はいない。

私は、徹が、居心地のよくない場の空気を変えようとして、こんな問いを発したのだと思っていた。あるいはそうなのかもしれないが、その後も、彼は、ミメーシスについて、ずっと考えていたようである。


騎士、従士名はとどろけど老いてなほミゲル・セルバンテス故国に窮す

『枇杷の花』


言うまでもなく、騎士はドン・キホーテ、従士はサンチョ・パンサである。

玉城徹の作品に親しんでいる人には、周知のことと思うが、彼は、ドン・キホーテという存在を愛好していた。他にも、ドン・キホーテについての歌や文章がある。

こうしたことから、徹は、理想の世界を求める狂った騎士ドン・キホーテの姿に、自分を重ね合わせていた、と人は思うかもしれない。私もそう思っていた。

ときおり、沼津に行って、徹と対話をしていくうちに、セルバンテスが、アリストテ

レスの熱心な研究者であったことを、私は教わった。そこからは、自分で学んでいくしかない。アリストテレスが、「詩学」の中で、ミメーシスについて語っていること、『ドン・キホーテ』が、そのミメーシスを実践して書かれた作品であることを、私は知った。模倣、という訳が、ミメーシスという言葉を分かりにくくさせているのかもしれない。アリストテレスの説くミメーシスは、演劇において、あるべき現実を再現させるための手法であり、単なる模倣や模写ではない。

それでは、『ドン・キホーテ』の何が、ミメーシスの実践だというのだろうか。自分の理想の世界を実現するために、現実に立ち向かっていくドン・キホーテの存在そのものなのだろうか。いや、そうではない。セルバンテスは、ドン・キホーテという狂気の騎士に旅をさせることによって、同時代の現実を、いきいきと描いてみせたのである。

おそらく、徹は、短歌におけるミメーシスを考えていた。自身を、理想の世界を求める騎士になぞらえてみても、ミメーシスにはならない。作品が、あるべき現実に近づくためには、実践していかなければならない。

こんなことを書いたからといって、私に、何かが分かっているわけではない。徹に、こっそり聞いたわけでもない。彼と言葉を交わすことのできた季節が去った後、いままでも、私がひとりで考え続けていることである。

為すべきはなせ然《しか》思ひ然は言へどかの大いなるものを忘るな　『石榴が二つ』

（「日月」二〇一二年十月号）

多摩平

東京都日野市の多摩平《たまだいら》団地。いまは、多摩平の森、という名前になって、建て替えられた。わたしの中には、生まれ育った家も、それこそ森のような木々も、その木々の間から差しこむ光も、風に鳴る葉ずれの音も、残っている。それらを言葉に書いていると、まるでそこにいるかのような心持ちになる。空間のみならず、時間もが、あたらしく動きはじめる。

玉城徹の歌集『樛木』を読むと、そこここに、多摩平が顔を出す。山鳩、満点星《どうだんつつじ》、メタセコイア、ゆりの木、カナヘビ、庭……。これら、ひとつひとつが、わたしにも親しい。そうは言っても、『樛木』には、わたしが生まれる前に詠んだ作品も収めてある。徹は、『左岸だより』の中で、『樛木』の作品を幾つかあげながら、当時の様子を書いている。

四十歳を過ぎて、わたしは多摩平の住人になった。その頃、多摩平は第一次工事を終えて、それから第四次まで普請が続くのである。何だか騒がしい。そして、あちこち泥だらけである。「これじゃ、泥平だ」などと、わたしは笑った。

そういう実景が、これらの歌に作用を及ぼしただろう。

（「フィクション変転—『樛木』の成立」）

こういったことは、父徹からも、母奈美枝からも、直接に聞いたことがない。さらに、面白いと思うのは、

便壷の陶より白き雲の下われは走りていづちか行かむ　『樛木』

という歌に対する、作者の言である。

「便壷」などという、あまり歌にならぬ物体が登場するのも、そのせいで、アパート

に入れる便壺が、高く積まれてあったからだと、わたしは記憶する。（同）

わたしには、この挿話が、ひどく新鮮に感じられる。見たことのない、その実景が、目の前に浮かんでくるようである。しかし、それは、徹の歌や文が、実景を再現＝表現しているからではない、とわたしは思っている。

『左岸だより』には、他に「『樛木』へ」という文があって、そこには、前の歌集『馬の首』以後の行き詰まりを打破する秘法として、忠実なるデッサンを繰り返し行うこと、と書いている。それは、「写生」ではない。徹の言うデッサンとは、「単なる素材とモチーフとをはっきり区別」する、ということである。

デッサン。これは、もしかしたら、小説を書くことに近いのではないだろうか。先に引用した文に、「フィクション」という語を入れたのも、そのことに深く関わってくるのではないだろうか。小説は物語であり、フィクションは虚構である、そんなせせこましい話をしたいのではない。徹が言うように「いったい、文学の魂は、フィクションにある」。

もっとも、デッサン、フィクションは、技法や手法ではない。それは、解き明かすことのできない、まさに、〈秘法〉なのだから。

ある人が、多摩平の家の、和式便器の両側に、踏みつぶされたスリッパが置いてあった、と語ってくれたことがある。すっかり忘れていたが、たしかにそうだった。同じ便壺でも、妙なことを覚えているひとがいるものだな、と思って、わたしは笑った。

（「日月」二〇一三年四月号）

参考文献

＊本文に明記したものは除く

ヴァージニア・ウルフ『船出』（川西進訳・岩波文庫）
パンフレット『ジャック・リヴェットと美しき女優たち』（コムストック、テレビ東京）
セルバンテス『ドン・キホーテ』前篇Ⅰ・Ⅱ（会田由訳・ちくま文庫）
『アリストテレース詩学・ホラーティウス詩論』（松本仁助、岡道男訳・岩波文庫）
ジャン・カナヴァジオ『セルバンテス』（円子千代訳・法政大学出版局）
深作欣二・山根貞男『映画監督 深作欣二』（ワイズ出版）
鈴木則文著『トラック野郎風雲録』（国書刊行会）
鈴木則文著『新トラック野郎風雲録』（ちくま文庫）
別冊映画秘宝『映画『トラック野郎』大全集』（洋泉社）
澤井信一郎・鈴木一誌著『映画の深呼吸　澤井信一郎の映画作法』（ワイズ出版）
島尾敏雄『死の棘』（新潮文庫）
島尾敏雄「二つの根っこのあいだで」（『島尾敏雄全集第14巻』晶文社）
島尾敏雄『日の移ろい』（中公文庫）

島尾敏雄『続 日の移ろい』（中公文庫）
金井美恵子「記述者の躓き」（「カイエ」一九七八年十二月臨時増刊号「総特集・島尾敏雄」冬樹社）
坂口安吾「文学のふるさと」（『坂口安吾全集14』ちくま文庫）
柄谷行人「死語をめぐって」（『終焉をめぐって』講談社学術文庫）
若松丈太郎「相馬」、徳山高明「島尾敏雄の東北」（島尾ミホ、志村有弘編『島尾敏雄事典』勉誠出版）
玉城徹「作品本位に」（「短歌現代」平成十六年三月号・短歌新聞社）
『玉城徹全歌集』（いりの舎）
玉城徹『左岸だより』（短歌新聞社）

あとがき

本書は、二〇一〇年より二〇一七年までの間に書き、発表した文章の中から、十四編を選んで収録した、私の初めての本である。

目次をながめてみると、それらは、一見、脈略がなく、一貫性を欠いているように思える。だが、中身を読むと、この一冊には、なにかある通底するものが流れているようだ。もっとも、ひとりの人間が書いた文を集めたのだから、なんら不思議なことではないのだが、私には、ちょっとした発見であった。

歌人であった父玉城徹についての文章を入れることには、正直、ためらいがあった。しかし、母に映画を見る喜びを教わり、父に文学を学んだことで、いまの私があり、本書が成り立っているのではないかと考え、巻末に収めることにした。

その結果、最後に、「多摩平」と題した一文が入った。多摩平というのは、東京の日野市にある町の名である。そこにあった多摩平団地で、私は生まれ育ち、三十年ほどを過ごした。木々が鬱蒼と生い茂る森林の中に暮らしているようなその空間を、私は愛していた。だから、団地が建て替えられることになったとき、深い喪失感をおぼえた。そして、原子力発電所の事故によって、福島県浪江町出身の妻が、ふるさとを失うことになった。故郷について考察した文章が幾つかあり、島尾敏雄について、彼の本籍がある福島の小高に限って書いたのも、そのためである。これは、私自身の主題である。

本書には、表土、平面、多摩平といった「平」に関連する言葉が見える。思えば、映画のスクリーンや本のページというのも、平面である。このことは、私の思考が、平地で育まれてきたことを意味するだろうか。

『フィクションの表土をさらって』を刊行するにあたり、洪水企画の池田康氏には大変お世話になりました。「洪水」創刊号より執筆の機会をいただいてきたからこそ、この本を出すことができました。ありがとうございます。また、出版をつよくすすめ、私を励ましつづけた妻に、こころから感謝しています。

二〇一八年十月

玉城入野

フィクションの表土をさらって

著者……玉城入野

発行日……2018年11月25日
発行者……池田 康
発行………洪水企画
〒254-0914 平塚市高村203-12-402
TEL&FAX 0463-79-8158
http://www.kozui.net/
印刷………モリモト印刷株式会社
ISBN978-4-909385-07-9